Adolph Rambeau

Die dem Trouvere Adam de la Halle zugeschriebenen Dramen

Li jus du pelerin, Li gieus de Robin et de Marion, Li ius Adan

Adolph Rambeau

Die dem Trouvere Adam de la Halle zugeschriebenen Dramen
Li jus du pelerin, Li gieus de Robin et de Marion, Li ius Adan

ISBN/EAN: 9783743488458

Hergestellt in Europa, USA, Kanada, Australien, Japan

Cover: Foto ©Andreas Hilbeck / pixelio.de

Manufactured and distributed by brebook publishing software
(www.brebook.com)

Adolph Rambeau

Die dem Trouvere Adam de la Halle zugeschriebenen Dramen

AUSGABEN UND ABHANDLUNGEN

AUS DEM GEBIETE DER

ROMANISCHEN PHILOLOGIE.

VERÖFFENTLICHT VON E. STENGEL.

LVIII.

DIE DEM TROUVERE

ADAM DE LA HALE

ZUGESCHRIEBENEN DRAMEN:

„LI JUS DU PELERIN“,
„LI GIEUS DE ROBIN ET DE MARION“,
„LI JUS ADAN.“

GENAUER ABDRUCK DER ERHALTENEN HANDSCHRIFTEN.

BESORGT VON

Dr. A. RAMBEAU,

OBERLEHRER AM WILHELM-GYMNASIUM IN HAMBURG.

MARBURG.

N. G. ELWERT'SCHE VERLAGSBUCHHANDLUNG.

1886.

AUSGABEN UND ABHANDLUNGEN

AUS DEM GEBIETE DER

ROMANISCHEN PHILOLOGIE.

VERÖFFENTLICHT VON E. STENGEL.

LVIII.

DIE DEM TROUVERE

ADAM DE LA HALE

ZUGESCHRIEBENEN DRAMEN:

„LI JUS DU PELERIN",
„LI GIEUS DE ROBIN ET DE MARION",
„LI JUS ADAN."

GENAUER ABDRUCK DER ERHALTENEN HANDSCHRIFTEN.

BESORGT VON

Dr. A. RAMBEAU.

OBERLEHRER AM WILHELM-GYMNASIUM IN HAMBURG.

MARBURG.

N. G. ELWERT'SCHE VERLAGSBUCHHANDLUNG.

1886.

Vorwort.

Ursprünglich durch meinen Universitätslehrer in Halle, Herrn Prof. Schuchardt, angeregt, der mich zuerst auf die Werke des Adam de la Hale aufmerksam machte, habe ich mich schon seit mehreren Jahren mit diesem in sprachlicher wie litterarischer Beziehung höchst interessanten Trouvère beschäftigt. Ich hatte anfangs die Absicht, eine Untersuchung über seine Sprache (Phonetik und Formenlehre) zu veröffentlichen und derselben die gedruckten Texte seiner Werke, die mir zu Gebote standen, — in der Gesamtausgabe von E. de Coussemaker (Paris 1872) im »Théâtre français au moyen âge« von Monmerqué und Francisque Michel (Paris 1839) und in »Romvart« von Adelbert Keller (Mannheim-Paris 1844) zu Grunde zu legen. Indes kam ich bald zu der Einsicht, dass eine derartige Arbeit ohne möglichst vollständige, Berücksichtigung und genaue Vergleichung der bezüglichen Handschriften einer sichern Grundlage durchaus entbehren würde, also zu keinen wahrhaft befriedigenden Resultaten gelangen könnte. Was uns Keller in »Romvart« von Adam's Werken giebt, ist nur der Abdruck weniger Zeilen der Vaticanischen Hs., und weder die Ausgabe der Dramen Adam's von Monmerqué und Francisque Michel, noch die Gesamtausgabe seiner Werke von E. de Coussemaker können, so verdienstlich sie in mancher Hinsicht sind, als kritische Ausgaben bezeichnet werden. Ich beschloss daher, mich zunächst zu beschränken und wenigstens für die Dramen einen zuverlässigen Text herzustellen, besonders da mich Adam's dramatische Leistungen von vornherein am meisten interessiert hatten. Aber durch einen längern Aufenthalt in Amerika, durch andere wissenschaftliche Arbeiten und später durch meine Berufsthätigkeit u. a. bin ich wiederholt an der Fortsetzung meiner Arbeit über Adam verhindert worden. Schliesslich ist mir in litterarischer Beziehung Herr Dr. Bahlsen mit seiner wertvollen und gründlichen Abhandlung »Ueber Adam de la Hale's Dramen und das Jus du Pelerin« (Marburg 1885, Ausg. u. Abh. aus dem Gebiete der roman. Philol. veröff. v. E. Stengel, XXVII) zuvorgekommen. Der Verfasser ist so freundlich gewesen, eine kritische Ausgabe der Werke Adam's de la Hale als von mir vorbereitet anzukündigen (vgl. Bahlsen p. 216). Bis jetzt ist es mir aber nur möglich gewesen, das ganze handschriftliche Material für die Dramen zu sammeln, das ich hiermit den Fachgenossen in einem genauen Abdrucke übergebe. Einen lesbaren, kritisch behandelten Text mit sprachlichen und sachlichen Anmerkungen und mit Glossar stelle ich in Aussicht.

Hoffentlich wird besonders der vollständige Abdruck der in der Stadtbibliothek zu Aix-en-Provence befindlichen wichtigen Handschrift des »Jeu de Robin et de Marion«, deren Copie ich mir an Ort und Stelle selbst verschafft habe, den Romanisten willkommen sein. Herrn Gaut, dem »Conservateur de la Bibliothèque Méjanes«, der mir mit grösster Bereitwilligkeit im April 1882 trotz der Osterferien diese Handschrift überliess und mir in liebenswürdiger Weise für meine Arbeit ein gemütliches, kühles Turmzimmer im ehrwürdigen Rathause der alten Hauptstadt der Provence mit einer in den Pausen angenehmen Aussicht auf das rege Leben und Treiben eines südfranzösischen Marktplatzes zur Verfügung stellte, spreche ich hiermit meinen aufrichtigen Dank aus. Ebenso bin ich Herrn Dr. J. Kremer für eine Copie der zweiten Pariser Handschrift des »Jeu de Robin et de Marion« (Pa), ferner meinem Bruder, dem Gymnasiallehrer Th. Rambeau, und Herrn Dr. Feist für die Abschrift der

in der Arsenalbibliothek vorhandenen Copie der Vatikanischen
Handschrift eines Fragmentes des »Jeu Adan« (*V — Ars.*),
ihnen allen für gütige Beantwortung einiger Anfragen in bezug
auf die mir im Verlaufe der Arbeit zweifelhaft gewordenen
Stellen in den von mir benutzten Pariser Handschriften zu
grossem Danke verpflichtet.

Einleitung.

Der Abdruck bringt die drei Dramen in derselben Reihen-
folge, als die Handschrift P = Manuscrit de la Vallière No.
2736, jetzt Manuscrit **Fr.** 25,566 in der Bibliothèque Nationale
zu Paris, ursprünglich unter Lavall. No. 81 dort eingeschrieben.
Dies ist die einzige Handschrift, die uns alle drei Dramen und
— abgesehen von wenigen Gedichten — die gesamten Werke
von Adam de la Hale überliefert hat. Es ist ein Band von
283 Blättern, mit zwei Reihen Text auf jeder Seite. Das erste
Blatt zeigt den Inhalt des Bandes an. Auf der 2. Seite wird der
Dichter der *chansons*, mit denen die Hs. beginnt, ausdrücklich
genannt: *Chi commencent les canchons maistre Adan de le
hale*. Fo. 2—9 enthalten die 14 ersten *Chancons d'Adans*;
diese Blätter sind kleiner als die übrigen und rühren offenbar
aus einer andern Hs. her. Mit Fo. 10 fängt die eigentliche
Hs. *P* an, in der sich folgende Werke finden: 1) Alle 34 *chan-
sons* unseres Dichters; 2) *Les partures adan* (17 *jeux-partis*)
von Fo. 23 an; 3) *li rondel adan* (16 *rondeaux*) von Fo. 32
an; 4) *li motet adan* (5 *motets*) von Fo. 34 an; 5) *Li ius du
pelerin* von Fo. 37 an; 6) *Chi commenche li gieus de robin et
de marion cadans fist* (Fo. 39)*); 7) *Li ius adan* (Fo. 49);

---

*) Die Nummer in Parenthese bezeichnet das Blatt, auf dem das
betr. Stück anfängt.

8) *Cest du roi de sezile* (Fo. 59); 9) *Ce sont li ver damours*
(Fo. 65); 10) *Cest li congies adan* (Fo. 66); 11) *Ce sont li
ver de le mort* (Fo. 67); 12) *Cest li ius de.* Saint. *Nicholai*
(Fo. 68); 13) *Chi commenche li bestiaires maistre Richart de
furniual* (Fo. 83); 14) *Li response du bestiaire* (Fo. 98);
15) *Comment dix fourma adan* (Fo. 106); 16) *du cors et de
lame* (Fo. 107); 17) *L equiuoke be '.un de conde* (Fo. 109);
18) *Renart le nouuel* (Fo. 109) ;19) *des quatre euuangelistres*
(Fo. 178); 20) *Li tournoiemens antecrist* (Fo. 182); 21) *Li
consaus damours* (Fo. 207); 22) *Li troi mort et li troi vif* que
bauduins de conde fist (Fo. 217); 23) *Li .iij. mort et li .iij.
vif* que *maistres nicholes de marginal fist* (Fo. 218); 24) *Li
cace dou cerf* (Fo. 221); 25) *Li troi mort et li troi vif* (Fo. 223);
26) *du roi ki racata le larron* (Fo. 225); 27) *de le homme*
(Fo. 227); 28) *des trois signes* (Fo. 229); 29) *du honteus
menestrel* (Fo. 231); 30) *du vrai anel* (Fo. 232); 31) *de le
lampe* (Fo. 235); 32) *de le brebis desreubee* (Fo. 237); 33) *des
eskies* (Fo. 239); 34) *dou faucon* (Fo. 242); 35) *de contise*
(Fo. 244); 36) *dou pre* (Fo. 245); 37) *dou courtois donneur*
(Fo. 247); 38) *du sot le conte* (Fo. 248); 39) *dou songe du
castel* (Fo. 250); 40) *Li congie baude faustoul darras* (Fo. 253);
41) *Li poissance damours* (Fo. 258); 42) *Li honneurs et li
vertus des dames* que *iehans petis darras fist* (Fo. 273);
43) *Che que neuelos amions fist damours* (Fo. 278); 44) *Li
congie iehan bodel* (Fo. 280-283).

Von diesen 44 Werken sind nur 9 (No. 1—8 und No. 10)
von E. de Coussemaker (cf. Introd. p. XXIX) als Werke Adam's
de la Hale anerkannt und daher in seine Gesamtausgabe auf-
genommen worden. Die anderen 35 Stücke schreibt man ver-
schiedenen Trouvères derselben Litteraturperiode zu; mehrere
von ihnen werden in den Titeln der Stücke selbst als ihre
Verfasser namentlich angeführt.

I. Nur in der Hs. *P* findet sich »Li ius du pelerin«,
das unbedeutendste der drei Dramen, aller Wahrscheinlichkeit
nach (cf. Bahlsen 331]) eine Art Epilog zu der Pastoralcomödie

»Li gieus de Robin et de Marion«. Ich lasse es dahin gestellt, ob Adam de la Hale als der Verfasser dieses Epilogs, in dem ein Pilger den Tod des berühmten Trouvère verkündet, zu betrachten ist. Bahlsen spricht sich dagegen aus (312] ff.), hält es aber für »im höchsten Grade wahrscheinlich, dass ein Bürger von Arras das 'Jeu du pèlerin' zu Ehren des ihm verwandten oder eng befreundeten Adam de la Hale verfasst habe« (31C]). Jedenfalls zeigt die Sprache keine Verschiedenheiten. Gegen die Autorschaft Adam's lassen sich sachliche Gründe anführen; dafür spricht aber die Stellung des »Jus du pelerin« mitten zwischen den übrigen Werken des Dichters in der Hs. P. Freilich sind diesem auch zwei andere Stücke in ähnlicher Stellung, No. 9 »Ce sont li ver damours« und No. 11 »Ce sont li ver de le mort«, das letztere trotz seines Schlusses »Explicit dadan«, abgesprochen worden, weshalb sie auch E. de Coussemaker in seine Gesamtausgabe gar nicht aufgenommen hat.

Der Text von »Li ius du pelerin« ist abgedruckt bei L. J. N. Monmerqué et Francisque Michel, »Théâtre français au moyen âge« (Paris 1839) p. 97-101 und bei E. de Coussemaker, »Oeuvres complètes du !rouvère Adam de la Halle« (Paris 1872) p. 413-420. Bahlsen (20]) erwähnt noch eine ältere Ausgabe von L. J. N. Monmerqué in den »Mélanges de la Société des Bibliophiles«, Paris 1822, wo »Li ius du pelerin« als Prolog vor »Li gieus de Robin et de Marion« gestellt ist. Cf. auch »Théâtre fr. au moyen âge«, p. 30.

II. »Li gieus de Robin et de Marion« findet sich in folgenden drei Handschriften:

1) P (cf. oben). Vgl. den Text bei Monmerqué et Francisque Michel p. 102-135 und bei E. de Coussemaker p. 345-412. Bahlsen erwähnt noch zwei ältere Ausgaben: (20]) eine von L. J. N. Monmerqué, Paris 1822 (cf. oben »Li ius du pelerin«) und (25]) eine zweite Ausgabe des Schäferspiels nach der Hs. P von Ant. Aug. Renouard im Anhange zum II. Bande der von ihm besorgten dritten Ansgabe (Paris 1829) des Werkes

von Legrand d'Aussy »Fabliaux ou contes du XIIe et du XIII$^•$
siècle . . . .«, »Choix et extraits d'anciens fabliaux« p. 1-15. —
Cf. auch Théâtre fr. au moyen âge p. 30.

2) *A* = *Manuscrit de la Bibliothèque Méjancs*, Aix-en-
Provence, No. 572 (499), Folio 1-11, mit nur einer Reihe Text
auf jeder Seite, mit Noten und vielen Bildern. Vor und nach
dem eigentlichen Manuscript, das nur die *bergerie* enthält, sind
noch mehrere Blätter vorhanden: die meisten sind leer; nur
die drei ersten enthalten eine neufranzösische Transcription des
Anfangs der *bergerie*, die von einem der Vorgänger des Herrn
Gaut, des jetzigen »Conservateur«, angefertigt worden zu sein
scheint, unter dem Titel: »Le mariage de Robin et de Marotte,
aliàs Marion ou Le jeu du berger et de la bergère« par A d a m
d e l e h a l e. — Auf die Hs. *A* hat schon im Jahre 1831
E. Rouard (p. 165, »Notice sur la Bibliothèque d'Aix«, Paris-
Aix) aufmerksam gemacht; dann ist sie im »Théâtre français
au moyen âge« (p. 30) von Francisque Michel erwähnt worden,
der auf jene Notiz und auch auf den »Catalogus Codicum manu-
scriptorum« von Haenel p. 186, col. 4 verweist; ferner hat
diese Hs. E. de Coussemaker in seiner Einleitung (p. XXXIII)
näher beschrieben. Vgl. auch Bahlsen 27], 40], 186]. — Bis
jetzt ist der Text der Hs. *A* noch nie im Drucke veröffentlicht
worden, ausgenommen einige Varianten, die E. de Coussemaker
in den Anmerkungen zu seiner auf der Hs. *P* beruhenden
Ausgabe des Schäferspiels (p. 345-412) nach einer wenig zu-
verlässigen oder wenig zuverlässig benutzten Collation des Herrn
Vidal (cf. Préface p. XI, Introd. p. XXXIII und LIV) abge-
druckt hat.

3) *Pa* = Manuscrit No. 1569 (früher 7604), Fonds fr.,
Bibliothèque Nationale, Paris, Folio 140-144, mit 2 Reihen Text
auf jeder Seite. Diese Hs. hat E. de Coussemaker weder im
Kapitel »Notice Bibliographique« p. XXVIII ff. noch im Kapitel
»Poésies« bei der Besprechung des »Jeu de Robin et de Marion«
p. LII ff. erwähnt; vielmehr sagt er ausdrücklich, dass das
Stück nur in *P* und *A* vorhanden sei (p. LIV). Bei Monmerqué

und Francisque Michel findet sich p. 30 eine Notiz über *Pa*, aber sie haben diese Hs. in ihrer Ausgabe (p. 102-135) sehr wenig benutzt, trotz ihrer Bemerkung (p. 30): *»Nous avons suivi le manuscrit de la Vallière, en indiquant des variantes tirées du second manuscrit«.* Vgl. auch Bahlsen 186] und 10], wo er auf eine Inhaltsangabe der *bergerie* nach *Pa* von Legrand d'Aussy (Fabliaux ou contes ....., 3. Aufl., Paris 1829, II, 193-200) und auf »Histoire littéraire de la France« XX, 675 verweist. — Abgesehen von sehr wenigen Varianten in der Ausgabe von Monmerqué und Francisque Michel (z. B. 2 Verse zwischen v. 512-513), ist der Text der Hs. *Pa* noch nicht im Drucke erschienen.

III. »Li ius Adan«

1) ist vollständig nur in *P* (cf. oben) erhalten. Vgl. den Text bei Monmerqué und Francisque Michel p. 55-92 und bei E. de Coussemaker p. 295-344. — Es existiert noch eine ältere Ausgabe dieses Textes der Hs. *P*, von L. J. N. Monmerqué für die »Société des Bibliophiles« im Jahre 1828 veröffentlicht. Cf. »Théâtre français au moyen âge« p. 30 und Bahlsen 24]. — Ausserdem ist das Drama als Fragment (bis v. 174, resp. v. 170) in folgenden zwei Handschriften vorhanden:

2) *Pb* = Manuscrit Fr. No. 837 (früher 7218), Bibliothèque Nationale, Paris, mit zwei Reihen Text auf jeder Seite, Folio 260c-261c. — Vgl. den Text dieser Hs. bei Monmerqué und Francisque Michel p. 92-94. Auch E. de Coussemaker erwähnt die Hs. *Pb* (Introd. p. XXXI), aber ohne sie in seiner Ausgabe zu berücksichtigen. Cf. Bahlsen 33], 51].

3) *V* = Ms. No. 1490 der »Bibliotheca Reginensis«, der Bibliothek der Königin Christine von Schweden, einer Abteilung der vaticanischen Bibliothek zu Rom, Blatt 132. Dieser Text ist von Adelbert Keller in »Romvart« (Mannheim-Paris 1844) p. 316-323 veröffentlicht worden. Eine Abschrift von *V* ist das Manuscript *Ars.* = »Copie de M. de Sainte-Palaye, insérée dans le recueil intitulé: 'Anciennes Chansons françoises avant 1300« t. Ier, Folio 294a-297a (oben) oder 290a-293a (unten), in der

Bibliothèque de l'Arsenal in Paris, No. 62, »Belles lettres fran-
çaises«, neue Nummer 3101. Diese Copie ist bei Monmerqué und
Francisque Michel p. 94-96 abgedruckt. E. de Coussemaker er-
wähnt die Hs. *V* (Introd. p. XXXIV), aber ebenfalls ohne sie zu
berücksichtigen. Cf. Bahlsen 33], 51]. — Keller hat sich in
»Romvart« nicht damit begnügt, den Text von *V* unverändert zu
geben; er hat auch mehrere Verse, die in *V* nicht stehen, aus
der Hs. *Pb*, die er mit *B* bezeichnet (p. 316) und aus dem
Abdrucke im »Théâtre français au moyen âge« kennen gelernt
hat, hinzugefügt: v. 65, v. 153-164 und v. 171-174 mit den
Schlussworten »*Explicit uns geus*«. Da ich mir eine direkte
Abschrift der Hs. *V* nicht habe verschaffen können, habe ich
Ars., die Copie von de Sainte-Palaye, welche die Fehler und
Abkürzungen des Originals übernommen zu haben scheint, ab-
drucken lassen, natürlich mit genauer Berücksichtigung des in
»Romvart« gegebenen Textes (vgl. v. 55). Die von de Sainte-
Palaye herrührenden Bemerkungen, Erklärungen und neufranz.
Uebertragungen einzelner Wörter und Ausdrücke u. dgl., die
sich in *Ars.* am Rande links, manchmal auch rechts, und oben
auf 294a und 296a befinden, sind im Abdrucke weggelassen
worden.

Die Hs. *P*, neben deren Text die der übrigen Handschriften
gestellt worden sind, habe ich allen drei Dramen zu Grunde
gelegt, auch für die Verszählung, die in den Ausgaben von
E. de Coussemaker und von Monmerqué und Francisque Michel
fehlt und bei Keller nur von Seite zu Seite vorhanden ist.
Nur ein in *P* ausgelassener, durch die zwei anderen Hand-
schriften beglaubigter Vers (»Li Jus Adan« v. 71), dessen Ein-
schiebung Zusammenhang und Reim durchaus verlangen, ist
mitgerechnet worden. Aehnlich in »Li gieus de R. et de M.« v. 184
wegen v. 175 ebenda. Sonst werden die in *P* fehlenden, aber

in einer andern Hs. vorhandenen Verse besonders gezählt, z. B.
(a. b) in *A*, zwischen v. 178-179 in »Li Gieus de Robin et de
Marion«. Die Angabe der Blätter und Columnen der Hand-
schriften ist die herkömmliche, z. B. 37a == Blatt 37 recto,
Columne 1, und 37d = Blatt 37 verso, Columne 2. — Für *V*
(*Ars.*) spez. ist noch zu bemerken, dass 132a (ohne Parenthese)
u. s. w. Blatt und Seite in $\dot{V}$, 294a (in Parenthese) u. s. w.
Blatt und Seite in *Ars.* bezeichnen.

Inmitten der Verszahlen befindet sich im Abdrucke die Zahl
der bezüglichen Seite in der Ausgabe von E. de Coussemaker
(in runder Klammer), — in der Ausgabe von Monmerqué und
Francisque Michel [in eckiger Klammer], — in der Ausgabe
von Keller |in gewundener Klammer|.

Oben auf jeder Seite, über dem Text, steht in meinem
Abdrucke der Name des bezüglichen Stückes mit den abgekürzten
Bezeichnungen der Handschriften: *P*, *Pa*, *Pb*, *A*, *V* (*Ars.*).

Die Anmerkungen beziehen sich auf den Text der Hand-
schriften und der von mir berücksichtigten Ausgaben. Von
diesen gebe ich aber nur die wirklichen Varianten (Abwei-
chungen), Fehler, Auslassungen u. dgl. an, ohne die bloss
orthographischen Änderungen, wie $v = u$, $j = i$, verschiedene
Anwendung kleiner und grosser Buchstaben, die von den Her-
ausgebern eingeführte Interpunktion u. dgl. besonders zu er-
wähnen.

Der Abdruck folgt möglichst getreu der Schreibweise der
Handschriften, ist aber aus typographischen Gründen nicht
ganz paläographisch. *I*, *J*, *i*, *j* — *U*, *V*, *u*, *v* sind überall so,
wie sie in den Handschriften angewandt werden, geblieben.
Die Punkte über dem *i*, *j* sind nicht in den Handschriften, da-
für oft Striche. Die verschiedenen Arten der grossen und
kleinen *s* und *r* (mehr als zwei verschiedene *r*!) sind im Drucke
ebensowenig nachgeahmt als die verschiedenen Arten der *u*, *u*,

N, U und anderer Buchstaben. Wo sich aber aus der eigentümlichen Schreibweise der Buchstaben irgend welche Unsicherheit für die Lesart ergiebt, habe ich dies in den Anmerkungen besonders angezeigt.

Die Abkürzungen, die die Handschriften anwenden, sind aufgelöst, aber durch kursive Lettern im Drucke kenntlich gemacht worden.

Fehler, Worttrennungen, Zusammenziehungen von zwei oder mehreren Wörtern, Trennungen von Versen, Versinitialen u. dgl. giebt der Abdruck möglichst genau so wieder, wie sie sich in den Handschriften vorfinden. Nur sind die Anfangsbuchstaben der Zeilen nicht, wie es meistens in den Handschriften geschieht, von den Wörtern, zu denen sie gehören, abgerückt.

Die Noten, die in vier Linien den Raum von zwei Zeilen Text in den Handschriften einnehmen, sind an den bezüglichen Stellen durch das Zeichen ✝ angedeutet.

Die Stelle d e r Bilder, die in den Text hineingemalt sind und eine Verschiebung desselben veranlasst haben, zeigt ein Quadrat ☐ an. Ausserdem werden in dem Abdrucke noch folgende (in den Handschriften nicht vorhandene) Zeichen angewandt:

◯ ein Kreis = Loch in der Hs.;

( ) runde Klammer = in der Hs. unterpunktiert;

[ ] eckige Klammer = in der Hs. verwischt, radiert, abgenutzt oder sonst irgendwie undeutlich geworden;

¦ ¦ gewundene Klammer = in der Hs. durchgestrichen;

(!) bezeichnet eine auffällige Schreibweise oder Wortform;

(?) eine unsichere Lesart;

✝ ✝ bezeichnen ein Wort, das in der Hs. über der übrigen Schrift steht und eingeschoben werden soll, z. B. ✝ *enoi* ✝ v. 120 »Li Jus du Pelerin« (in *P*);

ein schräger Strich / deutet den Zeilenschluss in den Handschriften an. Er fehlt, wo dieser mit dem Schlusse des Verses oder des Hemistichs (des Alexandriners) zusammenfällt,

wenn in dem vorhergehenden und folgenden Verse, resp.
Hemistich keine Abweichung davon stattfindet, so dass eine
Undeutlichkeit in dieser Beziehung nicht entstehen kann.

Ueberschriften, Schlussworte, Namen der redenden Personen, Bühnenanweisungen, — alles, was nicht zum eigentlichen
gesprochenen und gesungenen Text gehört, ist durch Petit-
schrift kenntlich gemacht. In den Handschriften geschieht dies
meistens durch rote Farbe.

Ausser den oben erwähnten Abkürzungen der Namen der
Handschriften werden noch folgende Abkürzungen gebraucht:

1) *J. P.* = Li Jus du Pelerin.
   R. et M. = Li Gieus de Robin et de Marion.
   J. A. = Li Jus Adan.
2) *Mi.* = Théâtre français au moyen âge publié d'après les manu-
   scrits de la bibliothèque du roi par MM. L. J. N. Monmerqué
   et Francisque Michel. (XIᵉ — XIVᵉ siècles). Paris 1839.
   Ke. = Rouvart. Beiträge zur Kunde mittelalterlicher Dichtung
   aus italiänischen Bibliotheken von Adelbert Keller. Mann-
   heim-Paris 1844.
   Cou. = Oeuvres complètes du trouvère Adam de la Halle (Poésies
   et Musique) publiées sous les auspices de la societé des sciences,
   des lettres et des arts de Lille par E. de Coussemaker
   Paris 1872.
   Vi. = die von E. de Coussemaker in seiner Ausgabe des »Gieus
   de Robin et de Marion« gegebenen Varianten der Hs. in Aix-
   en-Provence nach der Collation des Herrn Vidal.

Hamburg, Dezember 1885.

Dr. A. Rambeau.

37c] ☐   Li pelerins /
Or pais or pais se/gníeur
et a moi / entendes
Nouué/les uous dirai
sun / petit atendes /
par coi trestous li pires /
de uous iert amendes/
or uous taisies tout coi
si ne me reprendes
Segnieur pelerins sui
si ai ale maínt pas
Par uiles par castiaus
par chites par trespas
Saroie bien mestier
que ie fusse a repas
Car nai mie par tout
mout bien trouue mes pas
Bien a trente *et* chieuc(:)ans
que ie nai areste
Sai puís en maínt bon lieu
et a maínt saínt este
Sai este au sec arbre
et dus ca dur este
Dieu grasci qui men a
sens et pooir preste

Si fui en fameníe en surie *et* entir 13
1 Salai en vn pais   14
    ou on est si entir
2 Que on ímuert errant   15
    quant on íueut mentir
3 Et si est tout quemun   16
        Li Vilaine   [98]
4 Je ten uœil desmentir
    Car entendant nous fais   17
5 37d] uessie pour lanterne
    Vous aries ia plus chier   18
6   asir en le tauerne   .
    Que aler au moustier   19
7   Li peleríns   (416)
    pechie fait qui me ferne
8 Car ie sui mout lasses   20
    este ai aluserne
9 En terre de labour   21
    en toskane en sezile
10 Par puilie men reuing   22
    ou on tint maint concille
11 Dun clerc net et soustieu   23
    grascieus et nobile
12 Et le nomper du mont   24
    nes fu de ceste uille

Die Ueberschrift steht in der rechten Ecke unten Folio 37b. — Vorher
(von Folio 2-37b) stehen die *chancons*, *partures*, *rondiaus* und *motes* von
A d a n de/le h a l e. — Auf den obersten 6 Zeilen von Folio 37c ist für den
Text wenig Raum gelassen wegen eines Bildes, das den Pilger und einige vor
ihm sitzende Leute darstellt. — 1 Das *O* von *Or* ist verschnörkelt und un-
deutlich geworden, weil das *r* hineingeschrieben ist. — *seignieur*! Cou. —
5 *Seignieur*, Cou. — 9 *chienc* Mi. Cou. Es ist hier in der R   ꞁ deutliches
u. Aber *n* ist oft sehr ähnlich dem *u* und damit leicht ᴢu verwechseln, ebenso
umgekehrt. Cf. *R. et M.* v. 572. — 15 *meurt* Cou.

Maistres adans li bochus
estoit chi apeles
Et la adans darras   26
    Li uilains
tres mal atrouueles
Soiies sire con uous   27
aues uos aus peles
Est il pour truander   28
tres bien atripeles
Ales uous en de chi   29
mauuais uilains puans
Car ie sai de cherlain   30
que nous estes lruans
Or tost fuies uous ent   31
ne soies deluans
Ou uous le comperres   32
    Li pelerins
trop-par estes muans /
Or atendes un peu   33
que iaie fait mon conte /
38a] OR pais pour dieu signeur /   34
chis clers don ie uous conte/
Ert ames et prisies   35
et honneres dou conte
Dartois si uous dirai   36
mout bien de quel aconte
Chieus maistre adam sauoit   37
dis et chans controuuer
Et li quens desirroit   38
un tel home a trouuer
Quant acointies en fu   39
si li ala rouuer
Que il feist uns dis   40
pour son sens esprouuer
Maistre adans qui en seut   41
tres bien a chief uenir
En fist un dont il doit   42
mout tres bien sousuenir
Car biaus est aoir   43
et bons aretenir

Li quoins nen naurroit mie   44
.v. chens liures tenir
Or est mors maistre adans   45
diex li fache merchi
A se tomble ai este   46
don ihesucrist merchi
Li quoins le me moustra (417)[99] 47
le soie grant merchi
Quant iou ifui lautre an   48
    Li uilains.
uilains fuies de chi
Ou uous seres mout tost   49
loussies et desnestus
A lostel seres ia   50
autrement reuestus
38b]   Li pelerins
Et comment uous nomme on   51
qui si estes testus
    Li uilains.
Comment sire uilains   52
gautelos li testus
    Li pelerins
Orueillies un petit   53
biaus dous amis atendre
Car on ma fait mout lonc   54
de ceste uile entendre
Quens en lonnour du clerc   55
que dieus auolut prendre
Doit on dire ses dis   56
chi endroit et aprendre
Si sui pour che chi enbatus   57
    Gautiers
fuies ou uous seres batus   58
Que diable uous ont raporte   59
trop uous ai ore deporte   60
Que ie ne uous ai embrunkiet
ue que cist saint sont enfunkiet
Il ont ueu maint roy en france   63

---

27 *nos aus* Mi. — 44 *cinc chens* Mi. Cou. — 46 *dou Jhesu-Crist* Cou. —
53 *Or veillés .... attendre;* Cou. — 55 *clert* Mi. — Das c der Hs. in *clerc*
und *lonc* (v. 54) ist *t* sehr ähnlich. — 62 *Ne que* Mi. Cou. In der Hs. steht
deutlich *ue;* indes ist *u* oft sehr ähnlich dem *n*, cf. R. et M. v. 572.

Li pelerins
He. urais dieus enuoies souffrance
Tous cheus qui me font desraison /
    Guios. /
Warnet as tu le raison   66
oie de cest paisant /
Et comment il nous ua disant /
Ses bourdes dont il nous abuffe 69
    Warnes
Oue donne li une buffe
Je sai bien que cest .j. mais hom
    Guios   (418)
Tenes ore ales en maison   72
38c] Et si ní uenes plus uilains
    Rogaus
Que cest mesires saíns guillains
Warnier uous puíst faire baler 75
Pour coi en faites uous aler
Chest home qui riens ne uous grieue
    Warners
Rogaut apoi que ie ne crieue   78
Tant fort manuie se parole
    Rogaus
Taisies uous uuarnier il parole
De maistre adan le clerc donneur[100]
Le ioli le largue donneur   82
Qui ert de toutes uertus plains
De tout le mont doit estre plains 84
Car mainte bele grace auoit
Et seur tous biau diter sauoit
Et sestoit parfais enchanter 87
    Warniers
Sauoit il dont gent enchanter
Or pris ie trop mains son affaire
    Rogaus
Nenil ains sauoit canchons faire 90
Partures et motes entes

De che fist il agrant plentes
Et balades ie ne sai quantes   93
    Warniers
Je te pri dont que tu men cantes
Vne qui soit auques commune
    Rogaus.
Uolentiers uoir iou en saí une 96
Quil fist que ie te conterai
    Warniers   (419)
Or di et ie tescouterai
Et tous nos estris abatons   99
38d]   Rogaus
+ Il nest si bonne uiande que matons
Est ceste bonne Warníer frere
di   Warniers.   102
Ele est lestronc de uostre mere
Doit on tele canchon prisier   103
Par le cul dieu ien apris ier
Vne qui en uaut les quarante 105
    Rogaus
Par amours Warnier or le cante
    Warniers
Volentiers foi que doi mamie
+ Se ie ni aloie ie níroie mie 108
De tel chant se doit on uanter
    Rogaus   [101]
Par foi il tauíent a chanter
Aussi bien quil fait tumer lours 111
    Warniers
Mais cestes uous qui estes lours
Vns grans caitis loufe se waigne
    Rogaus   (420)
Par foi or ai ie grant engaigne 114
Deuo grande melancolie
Je feroie huí mais grant folie
Se ie men sens metoie au uostre 117

77 *rien* Cou. — 78 **Warniers**. Cou. — 79 *sa parole.* Cou. - 81 *d'onnour,*
Cou. — 84 fehlt Cou. — 92 *plantés* Cou. — 93 *sais* Cou. — *Volentiers voi;*
Cou. — 100 Rogaus vor v. 101 bei Cou. — *bone* Cou. — 102 *l'estron* Cou.—
l'estront Mi. — 104 *hier* Cou.

Biaus preudons mesconsaus vous loe
Que chi ne faites plus de noise /
    Li pelerins /
Lœs uous dont que ie men   120
    †enoi† uoise /
39a] Rogaus /   Li pelerins /
Oil uoir. /   Et ie men irai /   121
Ne plus parole ni dirai /   122
Car ie nai mestier con me fiere 123
    Gufos
He. diex ie ne mengai puis tierche
Et sest ia plus nonne de iour

Et si ne puis auoir seiour   126
Se ie ne boi ou dorc ou masque
Je men uois iai faite me tasque
Ne ie nai chi plus riens que faire / 129
    Rogaus /   Warniers /
Warnet /   Que .... /   130
    Rogaus /
Veus tu bien faire /
Alons uers aiieste a le foire /   131
    Warnes.
Soit mais anchois uœil aler boire 132
Mau dehais ait qui ni uenra   133

---

120 *que je m'en voise?* Cou. Mi. — *enoi* ist im Ma, über der Linie; für den Vers unnötig. — 124 *plus tierche*, Cou. — 127 *bois*, Cou. — 132 *wœil* Cou. — *vœil* Mi. — Nach v. 133 *Explicit* Mi. Cou.

Chi commenche li gieus de 1a] **MARIAGE** /
Robin et / de marion cadans   **DE ROBIN** *ET* **DE MAROTE** : /
fist.   (347)[102]

Marions. /   Marote / chante /

☐
✝ robins maí/me robins ma / (348) ✝ RObins maímme robins ma /
✝ Robins ma demandee si mara.   ✝ robins ma demandee si maura.
39b] ✝ Ro/bins macata cotele   3 ✝ Robins / machata cotele
✝ descarlate bonne / et bele   ✝ de burel et bonne *et* bele /
✝ souskanie et chaínturcle [103]
✝ aleur / íua   6 ✝ aleurí ua.
✝ Robíns maime robíns ma   ✝ Robins maímme robins ma /
✝ ro / bins ma demandee si mara. / 8 ✝ robins ma demandee si maura /
      Li cheua/liers. /   (349)   Le cheualier /
✝ Je me repairoie du tournoie- (350) ✝ IE me repairoie du tournoie-
            ment. /   ment.
✝ si trouuai marote seulete. au 10 ✝ Si / trouuai bergiere seulete a
      cors / gent   cors gent. /
      Ma / Ri / ons   Marote. /
✝ He robín se tu maímes /   11 ✝ HE robíns se tu maímmes
✝ par amours mainenent   ✝ par amours / mainne ment /
      Li cheualiers. /   Le cheualier
Bergiere diex uous doinst bon iour /12 Bergiere diex uous doinst bon ior /
   Marions. /   Li cheualiers. /   Marote.   Le cheualier.
Diex uous gart sire / Par amour Diex uous gart sire. / Et par amours /
douche puche † le † or me *contes* / Douce pucele or me contez /
Pour coi ceste canchon cantes / 15 Pour quoi ceste chancon chantez /
Si uolentiers et si souuent /   Si uolentiers *et* si souuent /

Chi commenche li gieus de Robin
et de Marion, c'Adans fist; alias li
jeus du bergier et de la bergiere. Mi. —
Li gieus de Robin et de Marion
c'Adans fist. Cou. — Zwischen dem
letzten Verse des *J. P.* und der Ueber-
schrift von *R. et M.* ist eine Zeile
freigelassen. Unter der Ueberschrift
befindet sich ein Bild (der Ritter zu
Pferde mit einem Falken in der Hand
— zwei Vögel — Marion mit einem
Stabe in der Hand), weshalb für Noten
und Text auf 8 Zeilen nur wenig Raum
übrig bleibt. — 10 *corps* Cou. —
11 *amors* Mi. — *maine m'ent.* Cou. —
maine-m'ent. Mi. cf. v. 17. — 13 *Par*
amor, Cou. Mi. Aber cf. v. 11 u. 17
amours (ausgeschrieben) u. den Reim
mit *iour* v. 12. —

Jede Seite dieser Handschrift ent-
hält nur eine Reihe Text, resp. Noten.
Links und rechts davon am Rande,
auch manchmal unterhalb, befinden
sich Bilder, die Scenen der *Bergerie*
darstellen. — Die Ueberschrift ist von
Vidal, nach dessen Collation Cousse-
maker die Varianten des Textes und
der Musik von *A* in seiner Ausgabe
mitteilt, nicht angegeben. Sie ist
jüngern Ursprungs als der Text. —
Daneben auf dem rechten Rande
/ *Espece de* / *Bergerie.* Unter diesen
Worten ebenfalls auf dem rechten
Rande *Interlocuteurs* / *Aubers Cheua-*
lier / *Marotte* / *Robin* / *Huart* / *Gau-*
tier / *Perrette* / *Baudoul.* Alles dies,
wie auch die Ueberschrift, scheint von
derselben fremden Hand herzurühren.
Auf dem linken Rande *Marote* / *chante.*

140a] **Li Jens du bergier** *et* de
la bergiere ;

Robins maime robins / ma.
Robins ma demandee si ma / ra.
Robins macata cotele
descar, late bone *et* bele.
Souscanie et / chainturele.
A leury ua
Robins / maime robins ma.
Robins ma / demandee si mara
li che / ua liers
IE me repairoie du tournoiement. 9

Si / trouuai marote seulete au
cors / gent.
M
He robins se tu maines / 11
par amors mainement
li cheualiers /
Bergiere diex vous doinst bon ior. / 12
M. Li cheualiers /
Diex vous gart sire Par amor
pucele or me ditez /
Por coi ceste canchon cantez / 15
Si volentiers *et* si souuent /

A
— *chante* fehlt bei Vi. — 1 Das *R*
steht vor den Noten und nimmt 3
Zeilen ein. — *m'aime* Vi. — 4 bone
Vi. — 7 *m'aime* Vi. — 9 Die Namen
der redenden Personen stehen in der
He. *A* am Rande, sonst meist die
Anfangsbuchstaben der Verszeilen
3 (ausgenommen z. B. v. 1) und zwar,
wenn Noten beigefügt sind, nur der
Anfangsbuchstabe des ersten Verses.
6 Dieser nimmt gewöhnlich 3 Zeilen
am Rande ein. — 10 Variante nicht
angegeben. von Vi. — 13 ebenfalls.

Pa
Es gebt vorher der *Roman de la
rose* Folio 1-139. — Der Schreiber
dieser Handschrift hat die Noten zu
der *bergerie* nicht angegeben und an
den betr. Stellen nur einen leeren
Zwischenraum von zwei Zeilen für
dieselben gelassen. — Monmerqué
und Francisque Michel erwähnen im
Théâtre français au moyen âge (p. 30)
die Handschrift: »..... *Nous avons
suivi le manuscrit de la Vallière, en
indiquant des variantes tirées du second
manuscrit*«. In der That haben sie in
ihrer Ausgabe der *bergerie* (p. 102 ff.)
Pa nur wenig benutzt. Wo dies ge-
schehen ist, werde ich es ausdrücklich

angeben. Die Ueberschrift dieser Handschrift haben sie als zweiten Titel
der *bergerie* neben die Ueberschrift, die sie in *P* gefunden haben, gestellt,
ohne zu sagen, woher der zweite Titel rührt. — Die Ueberschrift, wie auch
die grossen Anfangsbuchstaben *R* (v. 1) und *I* (v. 9), die in der Handschrift
3 Zeilen einnehmen, und die Namen der redenden Personen, resp. ihre Ab-
kürzungen, sind in roter Farbe gemalt. Diese stehen auf den Verszeilen und
sind vom Schreiber der Handschrift selbst unten auf einer fortlaufenden
Zeile dieser Seite (Folio 140a und b) erklärt: *R. robins. M. Marions.
G. gautiers. p. perrete. B. baudons. H. huars. li cheualiers.*
In der Ueberschrift: *bergier* oder *bregier, bergiere* oder *bregiere.* Das
letztere Wort findet sich ausgeschrieben *Bergiere* v. 12, sonst *Bregiere* v. 75,
90, 311, 383, *bregiere* v. 95, ebenso *Bregeronete* v. 88, 172, 181. — Das an-
gewandte Abkürzungszeichen (gleich oder ähnlich), eine Art Schleife, steht
gewöhnlich für *er*, z. B. *certes* v. 141, manchmal aber auch für *re*, z. B.
apres v. 74. — 12 Es findet sich *li* und *Li cheualiers*; doch sind beide *l*
nicht viel unterschieden, vielleicht ist immer *Li* zu lesen. — 13 amor im
Reim: *ior* (12). Ausgeschrieben findet sich das Wort mit *o* und mit *ou*:
amors v. 11, 302; *amour* v. 17 und im Reim v. 213: *tabour* (219). Das
Abkürzungszeichen ist ein *o* oder eine Null mit einem Haken nach rechts,
fast = a, über dem *m.* Cf. *Seignour, Seignor* v. 241; pour, por v. 155.

He. robin se tu maimes 17 He robins se lu maimmes
Par amours mainement   par amours / mainne ment,
Marions   [Marote]
Biaus sire il iabien pour coi 18 Biau sire il ia bien por quoi /
39c] Jaim bien robinct et il moi Car iaing-robinet. et il moi
Et bien ma moustre quil ma chiere Et bien ma moustre quil ma chiere

Donne ma ceste panetiere 21 Donne ma ceste panetiere
Ceste houlete et cest coutel Ceste houlete et cest coutel.
Li cheualiers. (351)[104] Le cheualier.
Di moi ueistu nul oisel Or me di uis tu nul oisel:
Voler par deseure les cans 24 Voler par deseure ces chans.
Marions   Ma[r]ote
Sire ien ai ueu ne sai kans Sire oil ie ne sai pas quans.
Encore ia en ces buissons Encor en a en ces buissons:
Cardonnerculs et pincons 27 1b] Et chardonnereus et pincons
Qui mout cantent ioliement Qui moult chantent ioliuent
Li cheualies (!).   Lo cheualier.
Si mait dieus bele au cors gent Si mait diex bele au cors gent
Che nest point che que ie demant 30 Ce nest pas ce que ie demant
Mais ueis tu par chi deuant Mes ueis tu par ci deuant
Vers ceste riuiere nule ane . Uers ceste riuiere nule ane
Marions.   Marote.
Cest une beste qui recane 33 Est ce vne beste qui recane
Jen ui ier .iij. seur che quemin Jen ui hier .iij. sus ce chemin
Tous quarchies aler au molin Tous chargiez aler au moulin
Est che chou que uous demandes 36 Est ce ce que uous demandez.
Li cheualies (!)   Le cheualier.
Or sui ie mout bien assenes Or sui ie moult bien assenez.
Di moi ueistu nul hairon Di moi ueis tu nul hairon: ·
Marions   Marote.
Hairons sire. par me foi non 39 Harens sire par me foi non
Je nen ui nes un puis quaresme / Je ne vi harens puis quaresme. /
Que ien ui mengier chies dame Que ien vi mengier chies dame
eme /   esme /
Me taiien cui sont ches brebis / 42 Ma tante a cui sont ces brebis/
     Len en uent assez a paris.

Li cheualiers. (352) Le cheualier.
Par foi or sui iou esbaubis Par foy or ne sai ie que dire
Nainc mais ie ne fuisi gabes Ne doi auoir talent de rire
     Onques mais ne fui si gabes
Marions   Marote.
Sire foi que uous mi deues 45 Sire foy que uous me deues
39d]Quele beste estche seur uo main/Quele beste est ce sus vo main /
Li cheualiers / Marions. Le cheualier. Marote.
Cest uns faucons / Mengue il pain / Cest vns faucons./[men]iue il pain:/

He robi**n** se tu maîmes 17
par amour / mainement /
M
Biau sire il y a bien por coi / 18
Jaime robinet *et* il moi /
140b] *Et* bien ma moustre q*ue*
il ma chiere
Donne ma ceste panetiere /
Ceste houlete *et* ce coutel
li cheualiers
Di moi veis tu nul oisel
Voler p*ar* deseure ces cans
M.
Sire jen ai neu ne sai q*u*ans
Encore y a en ces buissons
Car do*n*roeles *et* pinchons 27

li cheualiers
Si mait diex bele au cors ga*n*t 29
Ce [ ] nest pas ce q*ue* ie demant
Mais veis tu p*ar* ci deuant
Vers ceste riuiere nul ane
M.
Cest vue beste qui recane
Hier en vi .iij. seur ce chemin
To*us* carchies aler au molin
Es ce ce q*ue* vo*us* demandez
li cheualiers
Or sui ie m*ou*lt bien assenez
Di veis tu ci nul hairon
M
Herens sire p*ar* ma foi non 39
Je ne*n* vi nis .j. puis q*u*aresme
Q*ue* ien vi me*n*gier cies dame
esme /
Me taien cui sont ces brebis / 42

li cheualiers
P*ar* foi or sui ie abaubis
Car aine mais ne fui si gabes

M.
Sire foi q*ue* vo*us* me deues 45
Q*ue*lle beste est ce sor vo main
li cheualiers M
Cest vns faucons. Mengue il pain

P

24 *ces cans?* Mi. — 27 *Et car-
donnereuls* Cou. — 29 *Li chevaliers.*
Cou. Mi. — 32 *nul ane?* Cou. Mi. —
34 *sur che* Cou. Mi. — 37 *Li cheva-
liers.* Cou. Mi. — 39 *Hairans!* ...
21 *ma foi!* Cou. — 41 *mengier* Cou. Mi.
— in *P* abgekürzt, *ier* durch ein
Zeichen ersetzt, das auch für *er* ein-
tritt, vgl. J. P. v. 87 *en chanter.* —
24 43 *esbaudis,* Cou. — 46 *vo* Cou.
Mi. — *u* ist sehr undeutlich in der
Hs., man könnte auch *no* lesen.

A

18 *Marote* zum Teil verwischt. —
19 *Car j'aing bien.* Vi. — 23 *On me
di.* Vi. — 25 *Sire, oil je ne sai quans.*
Vi. — 26 Variante fehlt bei Vi. —
33 27 Die Lesart *A* im Text bei Cou. —
30 Variante fehlt bei Vi. — 33 Va-
riante fehlt bei Vi. — ebenso 34. —
36 ebenso 39. — 40 *Je n'en vi harens* Vi.—
42 Vi. giebt nur *Ma tante* als Va-
riante an. — Der Vers zwischen 42
und 43 fehlt bei Vi. — Zu 46 ist
nichts von Vi. angegeben.

Pa

30 Nach *Ce* ist im Ms etwas
radiert. — 37 *moult* oder *molt.* Das
hier angewandte Abkürzungszeichen,
eine Schleife zwischen *l* und *t,* findet
sich für *ou* oder *o* nur in diesem
Worte. Wenn in ähnlichen Fällen
der Vokal ausgeschrieben ist, wech-
selt *ou* und *o*, z. B. *ior* v. 12 und
iour v. 295; *ou* ist in der Hs. häufiger.

Li cheualiers /	Marions /	Le cheualier	Marote.

Non mais bonne char / Cele beste 48 Non mes bonne char / Cele beste. /

(Marions /)   [Li cheualiers]   [Le cheualier]

Esgar ele a de cuir le teste /   Esgar elle a de cuir la teste. / .

[Marions]   Li cheualiers /   [Marote]   Le cheualier

F' ou ales uous   En riuiere   50 Et ou alez vous. /   En riuiere. /

Marions /   Marote.

Robins nest pas de tel maniere / 51 Robins nest pas de tel maniere /

En lui a trop plus de deduit   En lui a trop plus biau deduit

A no uile esmuet tout le bruit [105] En no uille esmuet tout le bruit

Quant il ioue de se musete   54 Quant il ieue de sa musete

Li cheualiers   (353)   Le cheualier

Or dites douche bregerete   Or dites douce bergerete

Ameries uous un cheualier   Ameriez vous .i. cheualier.

Marions   Marote.

Biaus sire traiies uous arrier   57 Biau sire traiez uous arrier

Je ne sai que cheualier sont   Je ne sai que cheualier sont

De seur tous les homes du mont   Ne de tous les hommes du mont

Je nameroie que robin   60 Je nameroie que robin

Chi uient au uespre et au matin   Il uient au soir et au matin

A moi toudis et par usage   A moi tous les iors par usage

Chi ma porte deson froumage   63 Et maporte de son fromage

Encore en ai ie en mon sain   Encor en ai ie en mon sain

Et une grant pieche de pain   Et vne grant piece de pain

Que il ma porta a prangiere   66 2a] Quil maporta ore a prangiere.

Li cheualiers   Le cheualier.

Or me dites douche bregiere   Or me dites douce bergiere

Vauries uous uenir aueuc moi   Voudriez uous uenir auec moi

Jeuer seur che bel palefroi   69 Jouer sor ce bel palefroi

Selonc che bosket en che ual   Selonc ce boschet en ce ual.

Marions   au cheualier.   Marote.

40a] Aimi sire ostes vo cheual   Aimi: Sire ostez vo cheual

A poi que il ne ma blechie   72 Par .i. poi quil ne ma blecie

Li robins ne regiete mie   Le robin ne regibe mie

Quant ie uois apres se karue   Quant ie vois apree (!) sa charue

Li cheualiers   Le cheualier.

Bregiere deuenes ma drue   75 Bergiere deuenez ma drue

Et faites che que ie uous proi   Et faites ce que ie vous proi

Marions au cheualier   Marote.

Sire traies ensus de moi   Trahiez uous sire ensus de moi

Chi estre point ne uous affiert 78 Ci estre point ne uous affiert

A poi uos cheuaus ne me fiert / (354)

Comment uous apele on !   80 Comment vous apellon. /

Li cheualiers   [106]   Le cheualier

Aubert /   Aubiert. /

li cheualiers   M
Non. mais bone char. Cele beste./ 48
　[li cheualiers]
Esgar il a de cuir le teste/
　[M]   Li cheualiers.
El v alez vous   En riuiere, 50

　　　M
Robins nest pas de tel maniere / 51
En lui a trop plus grant deduit
A no vile esmuet tout le bruit
Quant il jue de se musete   54
　　Li cheualiers
Or ditez douce bergierete
Ameriz vous vn cheualier

　　M.
Biau sire traies vous arrier   57
Je ne sai que cheualier sont
Desor tous les hommes del mont
Je nameroie que robin   60
Il vient au soir et au matin
A moi toudis a pa/ usage
El maporte de son formage   63
140c] Encore en ai ie en mon sain
El vne grant piece de pain
Que il maporta a prengiere
　　　　　　　　　　　　　66
　　Li cheualiers
Or me ditez douce bergiere
Vaurriez vous venir auec moi
Juer sor ce bel palefroi   69
Selonc ce bosket en ce val
　　M.
Ay mi sire ostez vo cheual
A poi que il ne ma blechie   72
Li robin ne regetent mie
Quant je vois apres se carue
　　Li cheualiera
Bregierc deuenez ma drue   75
El faitez ce que ie vous proi
　　M.
Sire fules ensus de moi
Ci estre point ne vous affiert 78
A poi cis cheuaus ne me fiert /
Comment vous apelon.   80
　　Li cheualiers
　　　　　Aubert. /

P

49-50 von Cou. und Mi. verän-
dert: Li chevaliers statt Marions
vor 49, Marions vor 50. — 65 Das
i in pieche ist undeutlich, fast = r.
— 71 au cheualier fehlt bei Cou. —
72 Par poi Cou. — 77 au cheualier
fehlt bei Cou. — traiies Cou. Mi. —

A

Zu 49-50 ist nichts von Vi. an-
gegeben. — Ebenso 52, 53, 59. —
61 Ji viens au soir. Vi. — 62 Va-
riante fehlt bei Vi.; — ebenso 63, 66.
— 72 Variante fehlt bei Vi.; —
ebenso 73, 74, wo man deutlich regibe
und apree (fehlerhaft) liest; — ebenso
77, 80. — v. 79 fehlt, daher wegen
des Reimes Aubiert.

Pa

48 Ueber dem Punkt nach beste
ist ein c. — 55 bergierete oder bre-
gierete, cf. bergiere oder bregierc in der
Ueberschrift, Anm. — Ebenso ber-
giere oder bregiere v. 67, 83, 86.

Marions au cheualier!	*Marote.*
✠ Uous perdes uo paine sire aubert. /	81 ✠ UOus perdes uo paine sire aubiert /
✠ Je namerai autrui que robert /	✠ Je namerai autre que robert. /
Li cheualiers; Marions au cheualier.	*Le cheualier.* *Marote.*
Nan bregiere / Nan par ma foi.	Non bergiere. / Non par ma foi. /
Li cheualiers. (355)	*Le cheualier.*
Cuideries empirier de moi /	84 Cuideriez empirier de moi
Qui si lonc ietes me proiere /	Qui si loing getes ma proiere /
Cheualiers sui *et vous* bregiere /	Cheualiers sui. uous bergiere /
Marions au cheualier	*Marote.*
Ja pour che ne uous amerai /	87 Ja por ce ne uous amerai. /
✠ Bergeronnete sui mais iai.	✠ BErgerete sui mes iai
✠ ami / Bel et cointe et gai	✠ ami cointe et / bel et gay /
Li cheualiers /	*Le cheualier.*
40b]Bregiere diex uous eu doinst ioie /	Bergiere diex uous en doinst ioie /
Puis quensi est girai me uoie /	91 Puis quainsinc est girai ma voie. /
Hui mais ne uous sonnerai mot /	92 Hui mais ne uous sonnerai mot. /
Marions au cheualier. /	
✠ Trairi deluriau deluriau deluriele / (356)	✠ Trai li duriau dure[le] Traire li duriau / durot.
✠ trairi deluriau delurau delurot / 93	
Li cheualiers	
✠ Hui main iou cheuauchoie (357)	✠ Hui main quant chenauchoie /
les lo / riere dun bois 94	lez loriere dun bois.
✠ Trouuai gentil ber / giere tant	2b] ✠ Trouuai gen / til bergiere
bele ne uit roys. 95	plus bele ne uit. rois.
✠ He trai / ri deluriau deluriau deluriele.	✠ Trai / rire duriau durele trairire durau luroy. /
✠ trairi / deluriau deluriau delurot. 96	
Marions /	*Marote. /*
✠ He robechon (358)	✠ E Robechon
✠ deure leure ua.	✠ leur leur ua.
✠ car / uien a moi. 99	✠ quar uien a / moi
✠ leure leure ua.	✠ leur leur ua.
40c] ✠ Sirons / icuer	✠ Sirons iouer
✠ dou leure leure ua.	✠ leur / doleur ua
✠ dou leure / leure ua	102 ✠ doleur ua.
Robin.	*Robin. /*
✠ He marion	✠ HE marion
✠ leure / leure ua	105 ✠ doleur ua.
✠ Je uois a toi	✠ Je vois a toi
✠ leure leure / ua.	✠ do / leur ua.
✠ Sirons icuer	108 ✠ Sirons iouer
✠ dou leure leure ua /	✠ dole(u)reure va /
✠ dou leure leure ua.	✠ delereure ua. /

M.

Vous perdes vo paine sire   81
            aubert /
Je namerai aucun que robert /
Li cheualiers   M!
Non bergiere. Non par ma foi /
Li cheualiers
Cuideriez empirier de moi   84
Cheualiers sui et vous bergiere 86
Qui si loins getez ma proiere   85
            M
Ja pour ce ne vous amerai   87
Bregeronete sui mais iai
Ami bel et cointe et gai
Li cheualiers
Bregiere diex vous endoinst ioie 90
Puis quensi est girai ma voie
Hui mais ne vous sonerai mot   92

Trarire deluriau deluriau delurele /
[] rarire deluriau deluriau delurot/ 93

140d] Hui main me cheuauchoie
   les loriere dun bois.   94
trouuai gentil bregiere tant / bele
   ne vit rois.   95
He trarire delurian /
delurian delurele. trarire deluriau /
deluriau delurot.
            M
He robechon,
delury ua.
Car vien a moi   99
leure leure / y va
Sirons juer
dou leure leure y va/   102
dou leure leure y va.
            R
He marion /   104
deure leurfua.
Je vois a toi
leure leurf / va.   105
Sirons juer   108
dou leure leuriva /
dou leure leuriva /

P

81 *au cheualier* fehlt bei Cou. und
Mi. --83 *au cheualier* fehlt bei Cou. -
84, 86, 85 Cou. Mi. — 87 *au cheualier*
fehlt bei Cou. — 88 *Bergeronnète
sui; mais j'ai* 89 *Ami bel et cointe
et gai.* Cou. — Mi. macht dar-
aus 3 Verse: *Bergeronnete sui; —
Mais j'ai ami — Bel et cointe et
gai.* — 93 *au cheualier* fehlt bei
Cou. — *deluriau, delurot.* Cou. —
In der Hs. befindet sich ein Haken
über dem *a* von *delurau* und über
dem *o* von *delurot*. — 95 *bregière*,
Cou. *bregiere*, Mi. — 104 *Robins.* Cou.

A

81 *Vous perdez vos* Vi. — 82 *n'ai-
merai* Vi. — 86 Variante (Fehler) fehlt
bei Vi. — Die Reihenfolge der Verse
84, 85, 86 in A (wie in *P*) ist bei Vi.
nicht angegeben. — 88-89 *Bergeron-
nète sui; mais j'ai Ami bel et cointe
et gai.* Vi. — v. 93 wird nach Hs.
A vom Ritter gesungen; diese Va-
riante fehlt bei Vi. — *Traili li
durian, durot.* Vi. - 94-110 Varianten
fehlen bei Vi. — 109 Das *u* in
dole(u)reure ist in A durchgestrichen
und unterpunktiert.

Pa

84 Der Name des Redenden steht
an dieser Stelle im Ms. am Rande,
sonst im Texte auf der Zeile. —
86-85 Diese Reihenfolge der Verse
hat Mi. — und nach ihm Cou. — in
seinen Text aufgenommen. — 93 Vor
rarire ist etwas radiert; es fehlt also
ein *t*. cf. v. 96.

Mari ons. Robins/	(359) Marote. Robin.
Robín. Marote/	111 Robin : / Marote/
Marions /	Marote.
Dont uiens tu. 111	Donc uiens tu/
Robins/	Robin.

Par le saint iai desuestu /   112 par le saint dieu iai desuestu/
Pour che qui fait froit men uipel [107] Por ce quil fa froit mon iupel
Sai pris me cote de burel   114 Sai pris ma houce de burel
Et si taport des pommes tien   Et si taport des pommes tien

     Marions   Marote.
Robin ie !e connuc trop bien   Robin ie te congnui trop bien
Au canter si con tu uenoies   117 Au chanter si com tu uenoies
Et tu ne me reconnissoies   Mes tu ne me recougnoissoies

     Robins.   Robin.
Si fis au chant et as brebis   Si fis au chant *et* as brebis

     Marions   Marote.
Robin tu ne ses "amis "dous   120 Robin : tu ne se[z] dous amis
Et si nele tien mie amal   Et si ne le tiens mie a mal
Par chi uint .j. hom a cheual   Ici fu .i. homme a cheual
Qui auoit cauchie une moufle   123 Qui auoit chaucie vne moufle
Et portoit aussi cun escoufle   Et portoit ausinc *comme* escoufle
Seur sen poing *et* trop me pria 125 Sus son poing. et trop me pria
40d] Damer inais poi i conquesta Damer. *et* poi i conquesta
Car ie ne teferai nul toit   Car ie ne ferai nul tort

   Robins. a marote   (360)   Robin:
Marote tu maroies mort   Marote tu mauroies mort.
Mais se gi fusse atans uenus   129 3a] Mes se ie fusse atens uenus
Ne iou ne gautiers li testus   Ne moi ne gautier li testus
Ne baudons mes cousins germaíns Ne baudouls mes cousins germaíns
Diable ieussent mís les mains 132 Deables i eussent mís les mains
Ja nen fust partis sans bataille   Ja nen fust partis sanz bataille

   Marions a robin   Marote.
Robin dous amís ne te caille   Robin dous amís ne te challe
Mais or faisons feste de nous 135 Mes or fesons feste [d]e nous

     Robins   Robin.
Serai ie drois ou agenous   Serai ie drois o[u] ag[e]noulz

     Marions   Marote.
Vien si te sie encoste moi/   Mais uien ca seoir delez moi/
Si mengerons/   138 Si mengerons/

     Robins   Robin.
    Et iou lotroi/   Et ie lotroi/
Je serai chi les ton coste   139 Je serai ci les ton coste
Mais ie ne tai riens aporte   Mes ie ne tai riens aporte
Si ai fait certes grant outrage 141 Si ai fait certes grant outrage

     Marions   Marote.
Ne tencaut robin encore aiie   Ne ten chaut robin encor ai ge

M   R
Robin   Marote   111   P
         M
    Dont viens tu. /
         R
Par le sain dieu jai desuestu / 112
Pour ce quil fait froit men jupel
Sai pris me cote de buirel   114
Et si taport des pumes. tien

         M
Robin je te connuch moult bien
Au canter sicon tu venoies   117
Et tu ne me reconnissoies
         R
Si fis au cant et as brebis
         M
Robin tu ne ses dous amis   120
141a] Et si ne le tien mie en mal
yci fu vns homs a cheual
Qui auoit cauchie vne moufle 123
Et portoit aussi kun eskoufle
Sor son poing et trop me pria
Damer. mais poi y conquesta   126
Car je ne te ferai nul tort

         R
Marote. car tu maroies mort
Mais se ie y fusse au camps venus 129
Ne iou ne gautiers li tiestus
Ne baudons mes cousins germains
Diable y eussent les mains   132
Ja nen fust ales sans bataille
         M
Robin dous amis ne ten caille
Mais or faisons feste de nous 135
         R
Serai iou drois ou a genous
         M
Mais vien cha seoir de les moi /
Si mengerons.   138
         R
    Et je lotroi /
Je serrai ci les ton coste   139
Mais je ne tai riens aporte
Si ai fait certes grant outrage 141
         M
Ne ten caut robin encor ai je

P

111 *Marions* und *Robins* (neben einander) sind, wie die Namen aller sprechenden oder singenden Personen vor ihren Reden oder Gesängen, rot gezeichnet, *Robin* und *marote* (neben einander) schwarz, wie die übrigen Wörter. — *D'où viens-tu?* Cou. — 113 *qu'i fait* Mi. — ebenso Cou. im Text, aber *qui fait* in den Erratu. — *uipel* Fehler des Schreibers = *iupel* = *jupel*. — 119 *cant* Mi. — 120 *dous amis*, Mi. Cou. — Die Zeichen in *P* bedeuten die Umstellung, vgl. den Reim. — 128 *a marote* fehlt bei Cou. Mi. — 134 *a robin* fehlt bei Cou. Mi. — 136 *Serai-je* Cou. Mi. — über *r* und *a* von *Serai* befindet sich ein verbindender Haken in der Hs. — 138 *mangerons* Cou. — 140 *rien* Mi. Cou.

A

112 Der metrische Fehler in *P* ist von Cou. und Mi. im Text gelassen; der Vers ist richtig in *A*. — 113 *quil* = *qu'il* nicht erwähnt von Vi. — 114 *J'ai pris ma houce* Vi. — 116 *coynui* Vi. — 118 *Mes tu me regougnissois?* Vi. — 122 *un home* Vi. — 124 *come* Vi. — 125 Variante fehlt bei Vi. — ebenso 126, 127, 129, 130. — 131 *Baudoul* Vi. — 136 Zum Teil undeutlich, weil das Papier an dieser Stelle beschädigt ist. — 137 *Mais vien t'ascoir delez.* Vi.

Pa

114 *buirel*. Man kann *ui* oder *iu* lesen, da kein i-Strich gesetzt ist. — 116 *moull* oder *molt*, cf. v. 37.

Du froumage chi en mon sain   En mon [s]ain .i. pou de fromage
Et une grant pieche de pain 144
Et des poumes que maportas   Et les pomes que maportas
  Robins   Robín
Diex que chis froumages est cras /Diex com cis fromages est cras /
Ma seur mengue /   147 Ma suer meniue /
  Marions   (361)   Marote.
  et tu aussi /   Et tu ausi /
Quant tu uieus boire si le di 148 Se tu uels boiure si le di
Ves chi fontaine en .i. pochon   Ves ci fontaine en .i. pocon
  Robins   [108]   Robín.
Diex qui ore eust du bacon   150 Diex qui eust ore du bacon
Te taïen bien uenist apoint   Ta tante bien uenist a point
41a]   Marions   Marote.
Robinet nous nen arons point   Robin nous nen auerons point.
Car trop haut pent as quieuerons153 Car trop [hau] pent a ses cheurons
Faisons de che que nous auons   faisons [de ce] que nous auons.
Chest asses pour le matinee   Cest assez por la matinee.
  Robins   Robin.
Diex que iai le panche lassee 156 Diex que iai la pance lassee
De le choule de lautre fois   De la soule d[e] lautre fois
  Marions   Marote.
Di robin foy que tu mi dois   Di robín foi que tu me dois
Choulas tu que diex le temire/159 Soulas tu que diex le te mire. /
  Robins /   Robin. /
✝ Uous lorres bien dire   ✝ UOus lorres bien dire
✝ bele uous lor/res bien dire   ✝ bele uous lor/res bien dire. /
  Marions /   (362)   Marote
Di robín ueus tu plus mengier/162 Di robin ueus tu plus mengier/
  Robíns/   Robín.
Naie uoir   Nennil voir./
  Marions /   Marote.
 Donc metrai ie arrier. /   Donc metrai ie arrier /
Che pain che froumage en mon sain Ce pain ce fromage en mon sain
Dus qua ia que nous arons fain 165 Jusques tant que nous a[i]ons fain
  Robins   Robín.
Ains le met en te panetiere   Ains le met en ta panetiere
  Marions   3b]   Marote
Et ues li chi. robin quel chiere / Et uez le ci. robin quel chiere. /
Proie et commande ie ferai   168 Proie et commande. et ie ferai /
  Robíns/   Robín.
Marote et iou esprouuerai/   marote et ie tesprouuerai /
Se tu mies loiaus amiete /   Se tu mes loiaus amiete /
Car tu mas trouue amiet /   171 Car tu mas trouue amiet /
        Robín./
✝ Bergeronnete   (363) ✝ Bergero[n]nete

Du frommage ci en mon sain
Et vne grant piece de pain   144
Et des pumes q*ue* maportas
R
Diex *con* cis frommages est cras'
Ma suer mengue   147
M
Et tu aussi,
Q*ua*nt tu veus boire si le di   148
Vechi fontaine en .j. pochon
R
Diex q*ui* ore aroit du bacon   150
Te taien: *bien* venist a point
M
Robinet *nous* ne*n* arons point   152

❧Faisons de ce q*ue* no*us* auons   154
Cest assez *pour* le matinee
R
Diex q*ue* jou ai le pa*n*che enflee   156
De le chole de iautre fois
M
Robinet foi q*ue* tu mi dois
Cholas tu q*ue* diex le te mire /   159
R
Vo*us* lorrez *bien* dire
bele. vo*us* lorrez *bien* dire /
M
Robin di veus tu p*lus* mengier,   162
R
Naie voir
M
Do*nt* metrai ie arrier /
141b]Ce paince fro*m*mage en mo*n* sain
Dusca ia q*ue* no*us* arons fain   165
R
Mais met le ente paneticre
M
Et ves le ci robi*n* quel chiere
Proi *et* co*m*mande je ferai   168
R
Marot *et* ie tespronucrai
Se tu mes loiaus amiete
Car tu mas trouue amiet /   171

Bregeronete

P
156 *que jou ai* Mi. — 160 u. 161
l'orés Cou. — 163 *Dont* Mi. Cou. —
Das *c* ist sehr ähnlich dem *t*; vgl.
douc v. 185, wo das *c* genau so wie
in *Donc* aussicht.

A
143 *En mon sain peu de fromaige.*
Vi. — 144-153 Varianten fehlen bei
Vi. — Die Stelle im Ms. in der
Mitte der Verse 153 und 154 ist
sehr abgenutzt: *hau* (153) und *de ce*
(154) sehr undeutlich. — 157 Variante
fehlt bei Vi. — *de* oder *di lautre* im
Ms., undeutlich. — 159 Variante fehlt
bei Vi.; — ebenso 165. — Das *i* in
aions ist sehr undeutlich und könnte
vielleicht ein *r* sein. — 167 *le ci*
(nicht angegeben von Vi.), *ci* ist et-
was undeutlich. — 168 Variante fehlt
bei Vi.; — ebenso 169.

Pa
155 Das Abkürzungszeichen (eine
Null oder ein *o* mit einem Haken
nach rechts, fast = *a* über dem *p*)
kann für *our* oder *or* stehen; aus-
geschrieben findet sich das Wort *por*
(18), gewöhnlich *pour* (z. B. 87, 219,
242). — 168 Ein Kreuz steht im Ms.
am Anfang des Verses.

† douche baisselete

41b]† don/ nes le moi uostre chapelet.

† donnes le / moi uostre chapelet 175

Mari/ons

† Robin veus / tu que ie le meche.

† seur ton chief par / amourete 177

---

† douce baisselete

† Donnez / moi uostre chapelet /

Marote. /

Robin ueuls tu que ie le mete

seur ton / chief par amourete.

Men iert il miex / se ie li met.

men ert il miex se ie li met. /

Robins   (364)[109]

† Oil et uous seres / mamiete. 178

† uous aueres ma chaintu/rete.

† Maumosniere ei mon frema/let.

† Bergeronnete   181

† douche baisselete /

† donnes le moi uostre chapelet/183

Robin /

† Oil uous serez mamiete

† uous aures / ma cainturete

† Maumosniere et mon/fremaillet.

† Bergeronnete

† douce bais/selete

† donnes le moi nostre chapelet. /

b

Marions /

† Volentiers men douc amiet (365)

Robin fai nous .l. poi de feste 186

Robins

Veus tu des bras ou de le teste

Je te di que ie sai tout faire

Ne las tu point / oi retraire / 189

Marote.

Volentiers ci mon amiet

Robin fai nous .i. poi de feste

Robin

veuls tu des bras ou de la teste

Je te di que ie sai tout fere

Ne las tu pas oi retrere /

Marions /

41c] † Robin par lame ten pere

† ses tu bien / aler du piet   191

Robins.

† Oil par lame me / mere. (366)

† Resgarde comme il me siet

† auant / et arriere

† bele auant et arriere /

Marions

---

† Robin par lame ton pere.

† sez tu bien / baler du pie.

Robin.

† ouil par lame ma mere /

4a] † Esgardes comme il me siet.

† auant et / arriere

† bele auant et arriere. /

Marote. /

---

† Robin par lame ten pere /

† Car nous fai le tour dou chief 197

Robins /

† Marot par lame me mere. (367)

† Jen uenrai / mout bien achief.

† J fait on tel chiere /

† bele i fait on tel chiere.   201

Marions

---

† RObin par lame ton pere

† quar nous / fai le tour du chief.

Robin.

† marot par lame / ma mere

† ien uendrai moult bien a / chief.

† J fait len tel chiere

† bele i fet / len tel chiere. /

Marote /

---

† Ro/bin par lame ten pere

† car nous fai le / tour des bras 203

Robins

† Marot par / lame me mere (368)

41d] † tout ensi con tu uaur/ras.

---

† Robin par lame ma / mere

† car me fais / le tor du bras.

Robin

† Marot par lame ma / mere

† arasinc com tu uoudras./

douce baisselete
donnez le / moi vos*tre* capclet. 174
Donnez le moi vos*tre* cape / let. 175
M
Robi*n* veus t*u* qu*e* je le mele
Sor ton / cief pa*r* amorete. 177

P

185 Musik nicht angedeutet bei
Mi. — Der zweite Teil des v. 189
ein wenig über der Zeile. — In der
Hs. unten auf Fol. 41c,d steht IIII.
Mar*ions*.

R
Oil vo*us* serez mami / ete. 178
Vo*us* arez ma chai*n*turete.
Mau / moisniere *et* mo*n* fremalet. 180
Bregeronete /
douce baisselete.
Donnez le moi vos*tre* ca / pelet. 183
Donnez le moi vos*tre* capelet. / 184

M
Volentiers me*n* douch amiet 185
Robin fai no*us* .j. poi de feste 186
R
Veus tu des bras ou de le teste
Je te di qu*e* ie sai tout faire
Ne las tu point oij retraire / 189
M
Robin pa*r* lame te*n* pere
ses tu bi*en* aler / du piet.

R
Marote p*ar* lame me me*r*e 192
141c] jen / ve*n*rai mo*u*lt a chief.
aua*n*t *et* arriere /
bele aua*n*t *et* arriere. 195

M
Robi*n* p*ar* lame / te*n* pere
car no*us* fai le tour du chief /
R
Marote p*ar* lame me me*r*e 198
jen ve*n*rai / trop bi*en* a chief.
y fait on tel chiere /
bele. y fait on tel chiere. 201

M
Robin / p*ar* lame te*n* pere
car no*us* fai le tour / des bras
R
Marot p*ar* lame me me*r*e / 204
tout ainsi qu*e* tu vaurras.

A

174 Variante fehlt bei Vi. —
v. 175 fehlt in *A*, nicht angegeben
von Vi. — 177a: se je le met? Vi. —
177b: iert Vi. — se je le met? Vi. —
175 m'amiette Vi. — 183 Variante
fehlt bei Vi.; — ebenso 185. — ei
ist sehr undeutlich, könnte vielleicht
auch *a* gelesen werden. — 189 Va-
riante fehlt bei Vi. — ebenfalls 191,
193, 200, 201, 203, 205.

Pa

Bei v. 185 ist kein Zwischenraum
für die Noten gelassen, vgl. *P*, und *A*,
wo die Noten zu diesem Verse fehlen.
— 191 Ueber dem *u* von *tu* befindet
sich ein Strich oder Haken, ähnlich
oder gleich dem Abkürzungszeichen
über *bien* (191) und über *ten* (190),
so dass man eigentlich *tun* le*u*en
müsste. — 193 moult oder molt, cf.
v. 37.

† Est chou la maniere
† bele est chou / la maniere.

                  Marions
† Robin par la / me tenpere
† ses tu baler au serain.

            Robins
† Oil par lame me mere   (369)
† mais iai trop / mains de chauiaus
† deuant que derrie/re
† bele deuant que derriere 213
          Marions
Robin ses tu mener le treske/
        Robins   [110]
Oil mais li uoie est trop freske
Et mi housel sont desquire 216
         Marions
Nous sommes trop bien atire
Ne tencaut orfai par amour
         Robins
Ateu girai pour letabour 219
Et pour le muse au grant bourdon

Et si amenrai chi baudon
Se trouuer le puis et gautier 222
Aussi maront il bien mestier
Se li cheualiers reuenoit
42a]   Marions   (370)
Robin reuien a grant esploit 225
Et se tu trueues peronnele
Me compaignesse si lapele
Le compaignie en uaura miex 228
Ele est derriere ces courtiex
Si con ua au molin rogier /
Or te haste. 231
        Robins !
     Laisme escourchier /
Je ne ferai fors courre/

---

† Est ce la maniere
207 † bele est ce la mane. /
        Marote /
† Robin par lame ton pere 207(a)
† ses tu fere / le touret. (b)
        Robin.
† Ouil par lame ma mere / (c)
† rail en moi biau uallet. (d)
† Deuant et / derriere (e)
† bele. deuant et derriere., (f)
4b]   Marote./
208 † Robin par lame ton pere
209 † ses tu baler / as seriaus.
        Robin.
† Ouil par lame ma mere /
† mais iai trop mains dechemiaus.
† De uant que derriere
213 † bele. deuant que / derriere. /
        Marote.
Robin ses tu mener la tresche. /
        Robin
Ouil mes la uoie est trop fresche.
216 Et mi housel sunt descire.
        marote.
Nous sommes trop bien atire
Ne ten chaut or fai par amors
        R[o]bin.
219 Atent ie uois pour le tabour
Et pour la muse au gros bourdon
        Marote
Va et amaine o toi baudon
222 Se tu le trueues et gautier
Ausinc mauront il bien mestier
Se li cheualiers reuenoit.
        Marote.
225 Robin reuien a grant esploit
Et se tu trueues perronnele
Ma compaignesse si lapele.
228 La compaignie en uaudra miex
Elle est derriere ces cortiex
Si com ua au molin rogier /
231 Or te haste. /
        Robin.
    Lais moi escourcier /
232 Saches ie ne ferai fors courre/

Est ce la / maniere
bele. est ce la maniere /   207

P

209 *serain?* Mi. Cou. — In der Hs.
ist der letzte Buchstabe eher ein u
als ein n. — 230 *moulin* Mi.

M
Robin *par* lame te*n* pere   208
veus tu baler / au seriaus.

R
Oije *par* lame me *inere* /   210
Mais *iai* tr*op* mai*ns* de eauiaus
deuant / qu*e* derriere
bele. deuan*t* qu*e* derriere /   213

A

207 a - f. Cou. (Vi.) bringt diese
6 Verse als Variante der v. 208-9
(ohne Noten). — Der Name *Robin*

M
Robin ses tu mener le treske /
141d]   i*t*
Oije mais le voie est *trop* freske
Et mi housel sont deskire   216

vor v. 192, 198, 20 (, 207(c), 210 steht
in der Hs. vor der ganzen Zeile ab-
seits, also noch vor einem Teile des
vorhergehenden von *Marote* gesun-
genon Verses. — 207(d) *Rail* Vi. —

M
Nous sommes tr*p* b*ien* atire
Ne ten caut or fai a amour.

R
Aten je vois pour le tabour   219
Et pour le muse au gros bourdon

Das r der Hs. ist hier eigenartig:
ein r mit einem Haken unten nach
rechts. — v. 208, 209 von Vi. nicht
besonders angegeben. — 219 Variante
fehlt bei Vi.; — ebenfalls 220. —
221 *à loi* Vi. — 232 *Sache, je* Vi.

Et si amenrai ci baudon
Se trouuer le puis *et* gautier   222
Aussi maront il *bien* mestier
Se li cheu*aliers* reuenoit

M
Robin reu*en* a gr*ant* esploit   225
Et se tu troeues peronele
Ma co*m*paignete si lapele
La co*m*paignie en vaurra miex 228
Ele est derriere ces courtiex
Sico*n* va au molin rogier
Or te haste   231

Pa

220 *pour* oder *por*, cf. v. 155. —
231 Das i von *lais* ist über der Zeile
zwischen a und s.

R
la†i†s me escourcier /
Je ne ferai fors courre   232

Marions   Marote.
         Or va./   Or ua./
Robins   Ro[b]in.
Gautiers baudou estes uous la 233 Gautier. baudoul estes uous la
Ouures moi lu i luis bian cousin 234 Ouures moi luis bians dous cousins
         Gautiers   Gautier.
Bien soies tu uenus Robin   Bien soies tu uenus robins
Quas tu qui es si essouflez   Quas tuqui es si essouflez
         Robins   Robin.
Que iai las ie sui si lassez   237 Que iai las ie sui si lassez
Que ie ne puis malaine auoir/   Que ie ne puis malaine auoir /.
Baudous   Robins   Gautier et baudoul.   Robin.
Di sen ta batu   Nenil uoir   Di sen ta batu /   Nennil uoir. /
         Gautiers/   5a| Gautier et baudoul.
Dist lost sen ta fet nul despit 240 Dist lost s[e]n ta fet nul despit
         Robins   (371)   Robin.
Signour escoutez un petit   Por dieu soufrez uous .a. petit
Je sui ci uenus pour nous deus[111] Je sui ci uenus pour uous .ij.
Car ie ne sai quex menestreus 243 Car ie ne sai quex menestreus
A cheual p'ia damer ore   A cheual p'ia damer ore
Marote si me doute encore   Marote. si men doute encore
Que il ne remengue par la   246 Que il ne remengue par la.
         Gautiers   [112]   Gautier et baudoul.
Sil ment il le comperra   Sil ment o le comperra.
         Baudous   Baudoul.
Chel ia mon par ceste teste   Ce fera mon par ceste teste
[48b]   Robins   Robin.
Vous aurez trop bonne feste '49 Vous aurez ia trop bonne feste
Beau seigneur se uous uenez   Beaus seignors se uous i uenez
Car uous et huars serez   Car uous et huars i serez
Et perrenele sunt chou gent 252 Et perrerole sunt ce gent
Et aures pain de fourment   El s aures pain de farment
Bon fromage et ciere boutaise   Bon fromage. et ciere boutaise
         Baudous   Gautier
He b aus cousins ...   255 He b aus cousins ...
         Robins   Robin
Mes uous deus ... ches par   Mes uous ...
...   ...
...   256 ...

M
Or va
R
Gautier. baudo*n* estes vo*us* la 233
Ouurez moi tost luis biau cousi*n* 234
G
Bien soies tu venu*s* robin
Quas tu qui es si essouttles
R
Que iai las ie sui si lasses 237
Que ie ne puis malaine auoir
B   R
Di son ta batu Nenil voir
G
Di tost son ta fait nul despit 240
R
Seign*our* escoutez .j. petit
Je sui ci venu*s* pour vo*us* dens
Car je ne sai q*ue*ls menestreus 243
A cheual pria damer ore
Marotain si me dout encore
Que il ne reuiegne par la 246
R
Sil y vient il le *com*perra
G
Ce fera mo*n* par ceste teste
R
Vous auerez trop bone feste 249
Biau seign*our* se vo*us* y venez
Car vous *et* huars y seres
Et peronele. sont ce gent. 252
Et saucro*ns* pain de forme*nt*
Bon from*m*age *et* clere fo*n*taine
B
He biau cousin cor(!)nou*s* y maine255
R
Mais vo*us* irez cele part
Et iou me*n* irai po*ur* huart /
42a] *Et* peronele. 258
G
Va dont va
Et nou*s* en irons dautre part 259
*V*ers la voie deue*r*s le pire
*V*i porterai me forq*ue* fire 261

P
240 *tost s'en* Cou. Mi — 248 *Che fra* Mi. — *Che tera* Cou. — Das r steht ziemlich dicht neben dem *f* in der Hs. 258 Nur der obere Teil des *p* ist in der Hs. ausgeschrieben

A
283 *Gautiers. Baudoul* Vi. — 234 Variante fehlt bei Vi. — 239 *¡Gautiers et Baudoul.* Vi. — ebenso in v. 240 und 247. — Die Variante in v. 240 fehlt bei Vi — Das *e* in *sen* = *s'en* ist undeutlich in der Hs, könnte auch o sein, vgl. aber v. 239. — 245 Variante fehlt bei Vi.; ebenfalls v 247, wo das Blatt der Hs. durchlöchert ist. Unter dem Loche vor *le* befinden sich zwei Punkte, die wohl Reste des zerstörten Wortes sind. — 249 Variante fehlt bei Vi. — ebenfalls 253. — 255 *Gautiers*. Vi. — 257 Variante fehlt bei Vi. — 261 *Porterai ma fourche fiere.* Vi.

Pa
241 *Seignour* oder *Seignor*; die Abkürzung für *our* oder *or* ist eine Null oder ein *o* über dem *n*. Vgl. *amor* oder *amour* v. 13, pour oder por v. 155. — 250 *seignour* oder *seignor*, cf. v. 241. — 252 Am Schluss des Verses ist ein *c* über einem Punkt. — 257 *pour* oder *por*, cf. v. 155.

Baudons.	Gautier
Et ie men gros baston despine	Et ie mon grant baston despine
Qui est chies bourguet me cousine	Qui est chies bourget ma cousine
Robins	Robin.
He peronnele. peronnele	264 He perrenele *perrenele*
Peronnele	*perronnele.*
Robin ies tu che quel nouuele	Robin es tu ce quel nouuele
Robins [113]	Robin.
Tu ne ses marote te mande	Tu ne ses marote te mande
Et sauerons feste trop grande/	267 Car nous aurons feste trop grande/
Peronnele/	*perronnele.*
Et qui isera	Qui i sera. /
Robins./	Robin.
Jou et tu./	Et ie *et* tu. /
Et sarons gautier le testu	Et saurons gautier le testu
Baudon *et* huart et marote	270 Huart. *et* baudoul *et* marote.
Peronnele	*perronnele.*
Vestirai ieme bele cote	Vestirai ie ma bele cote
Robins	Robin.
42c] Nennil perrote nenil nient	Nenil perrote nenil point
Car chis iupiaus trop bien taufent	273 Quar cil iupiaus trop bien taufent
Or te haste ie uois deuant	Or te haste ie uois deua[nt]
Peronnele	*perronnele.*
Va ie tesieurai maintenant	Va ie te suirai maintenant
Se iauoie mes aignfaus tous	276 Se iauoie mes aigniaus tous
Li cheualiers. (373)	Le *cheualier.*
Dites bergiere nestes uous.	Dites bergiere nestes uous
Chele que ie ui hui matin	Cele que ie ui hui matin
Marions	Marote.
Pour dieu sire ales uo chemin	279 Por dieu sire ales uo chemin
Si feres mout grant courtoisie	Si feres trop grant cortoisie
Li cheualiers.	Le [ch]*eualier.*
Certes bele tres douche amie	Certes bele tres douce amie
Je ne le di mie pour mal	282 5b] Je ne le di mie por mal
Mais ie uois querant chi aual /	Mais ie uois querant ci a[u]al
.J. oisel a une sonnete	Vn oisel a une sonnete
Marions/	Marote.
Ales selonc ceste haiete /	285 Alez selonc cele haiete
Je cuit que uous li trouueres /	Je croi que uous ie trouuerres
Tout maintenant i est uoles/	Tout maintenant i est ales/
Li cheualiers/ Marions/	Le *cheualier.* Marote.
Est par amours Oil sans faille	288 Est par amors. / Oil s o[s] faille. /
Li cheualiers /	Le *cheualier.*
Certes de loisel ne me caille	Certes de loisel peu me chaille.
Sune si bele amie auoie	Sune si bele amie auoie
Marions	Marote
Pour dieu sire ales uostre uoie	291 Por dieu alez en uostre uoie

B
Et je men gros baston despine
Qui est chies bourghet me cousine
R
He peronele peroncle   264
P
Robin es tu ce. q*uel* nonnele
R
Tu ne ses. marote te mande
Et sauerons feste trop grande; 267
P
Et q*ui* y sera.
R
.   Jou et tu /
Et sarons gautier le testu
Baudo*n et* huart *et* marote   270
P
Vestirai fou me bele cote
R
Nenil pierrete nenil nient
Car cis jupiaus *trop* bi*en* taufent 273
Or te haste je vois deuant
P
Va je te siurrai maintena*nt*
Se je auoie mes agnia*us* tous   276
li cheualiers
Dilez bergiere neste*z* vous
Cele q*ue* je vi hui matin ·
M
Pour dieu sire ales vo chemin 279
Si ferez trop gra*nt* courtoisie
Li cheualiers
Certes bele tres douce amie
Je ne le di mie po*ur* mal   282
Mais veistez vo*us* ci a val
.J. oisel a vne so*n*nele
M
Alez selonc cele haiete   285
Je croi que vo*us* le trouuerez
Tout maintenant y est vole*z* /
Li cheualiers   M
Est par amo*urs* Oil sans faille / 288
Li cheualiers
Certes de loisel poi me caille
Sune si bele amie auoie
M
Pour dieu sire alez vos*t*re voie 291

P

277 *bregicre*, Mi. — *bergière*, Cou. —
Am Sch!uss des Verses vier l'unkte
in Form eines Kreuzes.

A

262 *Gautiers.* Vi. — Die Variante
des Verses fehlt. — 267 Variante fehlt
bei Vi. — ebenfalls 268, 270, 272, 280,
285, 286, 289, 291, 293. — 288 Durch
das Loch ist das Schluss-*s* von *sans*
beschädigt. Nach dem langen An-
fangs-*s* ist noch ein Strich des *a*, der
wie ein *i* aussieht, und unten ein
wenig vom *n* erhalten.

Pa

278 Man könnte eher qui lesen, da
das Zeichen der Abkürzung (= Ziffer 1
oder ein *i*, oben, rechts vom *q*), sonst
für *ut* gebraucht ist, während der
Schreiber für *ue* einen Strich über *q*
(z. B. v. 36) oder einen Haken über
q (v. 76) oder oben neben *Q* (v. 237)
anwendet. — 279, 291, 293, 294 *Pour*
oder *Por*; 282, 293 *pour* oder *por*,
cf. v. 155. — 288 *amours* oder *amors*,
cf. *amour* oder *amor* v. 13, *Seignour*
oder *Seignor* 241.

Car ie sui en trop grant frichon /   Car ic sui en trop grant fricon/
Li cheualiers /   Marions/   (374) Le cheualier   Marote
Pour qui.   Certes pour robechon /   pour quoi./ Certes pour robecon/
    Li cheualiers/   Le cheualier.
Pour lui   294 pour lui/
        Marions/   [114]   Marote
        Voire sil le sauoit /   voire. sil le sauoit /
42d]Jamais nul iour ne mameroit 295 Jamais nul iour ne mameroit.
Ne ie tant rien naim *comme* lui   Ne ie naing riens tant com robin
    Li cheualiers   Le cheualier
Vous naues garde de nului   297 Vous nauez garde de nului
Se uous uoles a mi entendre   Se uous uoules a moi entendre
        Marions   [M]arote
Sire uous nous feres sousprendre   Sire uous nous feres sorprendre
Ales uous ent laissieme ester   300 Ales uous ent lessiez mester
Car ie nai auous que parler   Quar ie nai a uous que parler
Laissieme entendre a mes brebis   Lessiez me entendre a mes brebis
    Li cheualiers   Le cheualier.
Voirement sui ie bien caitis   303 Voirement sui ie bien chetis
Quant ie mec le mien sens au tien Quant ie met le mien sens au tien
        Marions   Marote.
Si en ales si feres bien   Si e[n] ales si feres bien
Aussi oi ie chi uenir gent /   306 Ausi voi ie ci uenir gent /
† Joi robin flagoler.   (375) † IOi robin flagoler
† au flagol dargent /   † au flagieu dargent/
† au flagol dargent. /   309 † au flagieu dargent /
Pour dieu sire or uous en ales   Biau sire car uous en ales
    Li cheualiers   Le cheualier
Bergerete a dieu remanes   Bergiere *et* a dieu remanes
Autre forche ne uous ferai   312 Autre force ne uous ferai
Ha mauuais uilains .mar i fai   Ha. mauuais uilains [m]ar i fai
Pour coi tues tu mon faucon   Pour quoi tues tu cel faucon
Qui te donroit .j. horion   315 Qui te donroit. .j. horion
Ne laroit il bien emploiet   Jl auroit moult bien esploitie
        Robins   Robin.
Ha sire uous feries pechiet   Ha. sire uous feriez pechie.
Peur ai que il ne mescape   318 Jai grant paor quil ne meschape
    Li cheualiers   Le cheualier
Tien deloier ceste souspape   Tien de loier ceste souspape
43a] Quant tu le manies si gent 6a] Quant tu le manoies si gent.
        Robins   Robin.
Hareu diex hareu bonne gent 321 Hareu diex hareu bone gent
    Li cheualiers   Le cheualier
Fais tu noise tien che tatin   fais tu noise or tien ce tatin
        Marions   Marion
Sainte marie ioi robin   Sainte marie ioi robin
Je croi que il soit entrepris 324 Je croi quil soit la entrepris.

Car ie sui en trop mal frichon /
Li cheualiers   M
Pour cui   Certes pour robechon /
              Li cheualiers
Pour lui   294
              M
         Voire sil le sauoit /
Jamais nul iour ne mameroit 295
Ne ie naime riens tant con lui
         Li cheualiers
Vous nauez warde de nului   297
Se vous volez a moi entendre
              M
Sire vous me ferez sousprendre
Ales vous ent laissiez me ester 300
142b] Car ie nai a vous que parler
Laissiez me entendre a mes brebis
         Li cheualiers
Voirement sui ie bien caitis   303
Quant ie met le mien sens au tien
              M
Si en alez si feres bien
Aussi voi iou ci venir gent / 306
Joi robin flaioler
au flaiot dargent /
au flaiot dargent /   309
Pour dieu sire or vous en ales
         Li cheualiers
Bregiere a dieu remanes
Autre force ne vous ferai   312
Ha maluais vilains mar y fai
Pour coi tues tu men faucon
Qui te donroit .j. horion   315
Ne laroit il bien emploiet
              R
Ha sire vous feriez peciet
Paour ai quil ne mescape   318
         Li cheualiers
Tien de loier ceste souspape
Quant tu manies si gent
              R
Hareu diex hareu bone gent   321
         Li cheualiers
En grouces tu tien ce tatin
              M
Sainte marie ioi robin
Je croi que il soit entrepris 324

P

299 vous vous Mi. — 303 suis-je
Cou. — 304 Das c in mec (= met)
ist, wie oft in P, dem t sehr ähn-
lich. — mec Mi. Cou. — 317 feriez
Cou. — 320 manie Cou.

A

296 Ne je rien naing tant com
Robin. Vi. — 299 Variante fehlt bei
Vi. — ebenfalls 300, 306, 310, 311. —
313 Das m in mar ist sehr undeut-
lich, das Wort sieht in A eher wie
niar aus. — 314 Variante fehlt bei
Vi. — 315 Das n in horion sieht
eher wie ein u aus. — 316 esploitée.
Vi. — 318 m'escape. Vi. — 319 n in
Tien ähnlich dem u, cf. v. 315, 506.
— 322 Variante fehlt bei Vi. —
ebenfalls 324, 325, 326.

Pa

314 Pour oder Por, cf. Anm. zu
v. 155.

Ains perderoie mes brebris (!)
Que ie ne li allasse aidier   (376)
Lasse ie uoi le cheualier [115] 327
Je croi que pour moi lait batu
Robin dous amis que fais tu
        Robins
Certes douche amie il ma mort 330
        Marions
Par dieu sire uous aues tort
Qui ensi laues deskire
        Li cheualiers
Et comment ail atire   333
Mon faucon esgrardes (!) bregiere
        Marions
Jl nen set mie la maniere
Pour dieu sire or li pardonnes 336
        Li cheualiers
Volentiers saueuc moi uenes/
Je non ferai   338
        Marions/
        Si feres uoir.
        Li cheualiers/
Nautre amie ne uœil auoir   339
Et uœil que chis cheuaus vous porte
        Marions.
Certes dont me feres uous forche
Robin que ne me resqueus tu 342
        Robins.
Ha las or ai iou tout perdu
43b] A tart fuenront mi cousin
Je perc marot sai vn talin
Et desquire cote et sercot/
        Gautiers /   (377)
⁜ He resueille toi robin
⁜ Car on en mai / ne marot.
⁜ Car on en maine marot /
        Robins
Aimi gautier estes uous la
Jai tout perdu marote en ua
        Gautiers
Et que ne lales uous reskeure
        Robins.
Taisies il nous couroit ia seure
Sil eniauoit .iuj. chens
Cest uns cheualiers hors du sens
Qui a une si grant espee
Ore me donna tel colee

Aincois perdroie mes brebis.
Que ie ne lalaisse ai[d]ier
Lasse ie voi le cheua[l]O
Je croi que pour moi la batu
Robin dous amis. que fais tu
        Robin.
Certes douce amie il ma mort
        Marote.
par dieu sire uous aues tort
Qui ainsinc laues descire
        Le cheualier.
E comment a il atire   333
Mon faucon esgardes bergiere
        Marot.
Jl nen set mie la maniere
Pour dieu sire or li pardonnes 336
        Le cheualier.
Uolentiers sanec moi uenes /
        Marote.
Je non ferai /
        Le cheualier.
S[i] feres uoir /
Nautre amie ne vueil auoir
Et vueil que cis cheuaus vous porte
        Marote.·
Certes donc me feres uous force
Robin que ne me resqueus tu 342
        Robin.
He: las or ai ie tout perdu
A tart i uendront mi cousin
Je pert marote sai. .j. tOtin 345
Et descire cote et surcot /
        Baudoul. /
⁜ HE resueille toi robin
⁜ quar on en / mainne marot 348
⁜ car on en maine marot. /
        Robin.
Baudoul gautier estes uous la
Jai tout perdu marote en ua 351
        G[au]tier
E que ne lalons nous secorre
        Robin.
Taisiez il nous corroit ia soure
Sil en i auoit .iuj. cens 354
Cest uns cheualiers hors du sens
Si a vne si grande espee
Jl me douna si grant colee 357

Anchois perdroie mes brebis
Que ie ne li allaisse aidier
Lasse je voi le cheualier   327
Je croi que pour mi lait batu
Robin dous amis que fais tu
　　　　R
Certes douce amie il ma mort 330
　　　　M
Par dieu sire vous aues tort
Qui ainsi laues deschire
　　　Li cheualiers
Et comment a il atire   333
Men faucon esgardes bergiere
　　　M
Il nen set mie la maniere
Pour dieu sire or li pardonnes 336
　　　Li cheualiers
Volentiers sauec moi venes/
　　　M
Je non ferai.
　　　li cheualiers
　　　　Si ferez voir /
Nautre amie ne veul auoir   339
Et voeil que cis chenaus vous porte
142c]   M
Par dieu dont me ferez vous force
Robin que ne me reskeus tu   342
　　　　R
Hai las or ai ie tout perdu
A tart y venront mi cousin
Je perch marot sai .j. tatin
Sai deschire cote et sercot / 345
　　　G
He resueille toi robin.
car on en / maine marot.   348
car on enmaine marot./
　　　R
Amis gautier estez vous la
Jai tout perdu marote en va   351
　　　B
Et que ne lalons nous resqueure
　　　R
Taisiez il nous courroit tous seure
Sil en y auoit .iij. c   354
Cest vns cheualiers hors du sens
Si a vne si longue espee
Or me donna tel colee   357

　　　　　P

325 brebis Cou. — 328 battu Cou.
— 331 vos avés Mi. Cou. — 333 a-t-
il atiré Mi. Cou. — 334 esgardés Mi.
Cou. — 338 Marions. Je non ferai.
Li chevaliers. Si ferés voir; Mi.
Cou. — 353 Das u in couroit ist dem
n sehr ähnlich, cf. n = u, v. 572. —
357 Or Cou. — tèle Cou.

　　　　　A

327 Das Blatt ist an dieser Stelle
beschädigt; von l (cheualier) ist ein
Teil vorhanden, von den übrigen
Buchstaben nur wenige Reste. Auch
das d in aidier (326) hat gelitten. —
328 Variante fehlt bei Vi. — 332 Das
u (= v) von aues ist dem n sehr
ähnlich. — 335 Das zweite n von
nen (= n'en) fast = u, cf. v. 506. —
345 Das lange s in sai (= s'ai) ist
verschrieben und gleicht eher einem
f. — 350 Gautiers, Vi. — 352 Et
Vi. — 353 Variante fehlt bei Vi. —
354 Das n in cens ist eher = u zu
lesen, cf. v. 506. — 356 Variante
fehlt bei Vi. — 357 Das u in douna
ist dem u oder n in cens (v. 354)
gleich. — dona Vi. — colés. Vi.

　　　　　Pa

328 mi sieht fast wie un aus, da
der i-Strich fehlt. — 334 bergiere
oder bregiere, cf. Anm. zur Ueber-
schrift. — 354 Das c (= cens) befindet
sich über den vorhergehenden zwei
Zahlzeichen.

Que ie le sentirai grant tans	Que ie la sentirai grant tens.
Baudons (378)	Gautier.
Se gi fusse uenus atans	Se gi fusse uenus a tens.
Jl i eust eu merlee 360	6b] Jl i eust eu mellec
Robins [116]	Robin.
Or esgardons leur destinee	Or esgardons lor destinee
Par amours si nous embuissons	Par amors si nous embuissons
Tout troi derriere ces buissons 363	Tous .iij. derriere ces buissons.
Car ie uœil marion sekeure	Car ie uueil marote resqueurre
Se uous le maidies areskeure	Si le maiderez a sequeurre.
Li cuers mesl .}. peu reuenus 366	Li cuers mest .i. poi reuenus
Marions	Marot
Biau sire traies uous ensus	Biau Ore trahiez uous en sus
De moi si fere grant sauoir	De moi si feres grant sauoir
43c] Li cheualiers	Le cheualier.
Demisele non ferai uoir	369 Damoisele non ferai uoir
Ains uous en menrai aueuc moi	Ains uous enmenrai auec moi
Et si ares ie sai bien coi	Et si ares ie sai bien quoi.
Ne sofies enuers moi si fiere	372 Or ne me soiez plus si fiere
Prendes cest oisel de riuiere	Pren [s]u[er] cest oisel de riuiere
Que iai pris si en mengeras	Que [ ] p[r]is si en mengeras
Marions	Marote
Jai plus chier mon froumage cras 375	J[ai]pl[us]chier mon fromage cras
Et men pain et mes bonnes poumes	Et [mon] pain a mes bonnes
	pommes
Que uostre oisel a tout les plumes	Que uostre oisel a tout les plommes
Ne de rien ne me pœs plaire 378	Ne de riens ne me poues plaire
Li cheualiers	Le cheualier
Quest che ne porrai ie dont faire	Quest ce [porrai] ie donc faire
Chose qui te uiengne atalent	Chose qui uous uiengne a talent
Marions (379)	Marot.
Sire sachies certainement 381	Sire sachiez cert[ai]nement
Que nenil riens ne uous iuaut	Que nenil riens ne uous j uaut
Li cheualiers	Le cheualier
Bergiere et diex uous consaut	Bergerete et diex uous consaut
Certes uoirement sui ie beste 384	Certes uoirement sui ie beste
Quant a ceste beste mareste /	Quant a ceste beste mareste /
A dieu bergiere 386	A dieu Oergiere
Ma(i)rions /	Marot
A dieu biau sire. /	A dieu biau sire /
Lasse or est robins en grant ire/ 387	Lasse ore est robin en grant ire /
Car bien me cuide auoir perdue /	Car bien me cuide auoir perdue/
Robins /	Robin. /
Hou. hou. 389	✝ Hou hou. /
Marions /	Marot
Dieus cest il qui la hue/	Diex est il ce qui la hue /

Que ic le sentirai lonc tans
G
Se gi fusse venus a tans
Il y eust eu meslee 360
R
Or esgardons lor destinee
Par amors si nous embuissons
Tout troi derriere ces buissons 363
Car je veul marion secourre
Si vous le maidies a rescourre
Li cuers mest .j. poi reuenus 366
M
Biau sire Iraies vous ensus
De moi si ferez grant sauoir
Li cheualiers
Demisele non ferai voir 369
Ains vous emmenrai auec moi
Et si arez je sai bien quoi
Ne soies en vers moi si fiere 372
Prendez cest oisel de riuiere
Que iai prins si emmengeras
M
jai plus chier men frommage cras 375
Et men pain et mes bones pumes

Que vostre oisel a tout les plumes
Ne de riens ne me poez plaire 378
Li cheualiers
Ques ce ne porrai ie dont faire
Chose qui te vient a talent
142d] M
Sire saciez certainement 381
Que riens nule ne vous y vaut
Li cheualiers
Bregiere et diex vous consaut
Certes voirement sui ie beste 384
Quant a ceste beste mareste /
A dieu bergiere
M

A dieu biau sire /
Lasse or est robins en grant ire!
Car bien cuide auoir perdue /
R
Hou hou.
M
Diex cest il qui la hue/

P

368 ferés Mi. Cou. — Das s fehlt
in der Hs., statt dessen ein kleiner
Haken. 387 ore Mi. Cou.

A

359 Gautiers. Vi. — 364 resqueure,
Vi. — 365 me Taideriez Vi. — se-
queure. Vi. — 367 Das r in dem ver-
stümmelten sire ist sehr undeutlich
und sieht mit dem, was von dem
vorhergehenden Buchstaben erhalten
ist, fast wie u aus. — 371 Das Blatt
ist hier zerrissen: die Schrift ist sehr
undeutlich. — 372 soyez Vi. — 373
Im Ms. ist suer, wie viele Wörter
dieser Seite (6b), fast gänzlich ver-
wischt; nur u in suer ist deutlich
geschrieben. — Variante fehlt bei Vi.,
der auch sonst die verwischten und
unleserlichen Stellen nicht bezeichnet.
— 375 Das h in chier ist fast wie
zwei l geschrieben. — 376 Variante
fehlt bei Vi. — ebenfalls 379, 380. —
382 j raut: das j (i) fast wie die
Abkürzung von et; das u in raut
fast wie u verschrieben. — 383 Va-
riante fehlt bei Vi. — 386 Der obere
Teil des b ist über dem Loche in
dem Blatte erhalten. — 389 Hou hou.
ist zwischen die letzte Zeile der Noten
und die folgende Zeile hineingeschrie-
ben. — Dieux! Vi.

Pa

386 bergiere oder bregiere, cf. Anm.
387 zur Ueberschrift.

Ma[r]ot

Robin /

Robi[n]
Marote /
[m]arot

Robin dous amis *comment* uait	390 Dous amis *comment* te uait
Robins	Robin
Marote ie sui de bon hait	Marote ie sui de bon hait
Et garis puis que ie te uoi	Et tous guaris puis que te uoi
Marions	[M]arot.
Vien donques cha acole moi	393 Vien donques ca acole moi
43d] Uolentiers suer (380)	[Ro]bin.
Robins /	Volentiers suer puis quil test bel
Puis quil test bel /	
Marions [117]	Maro[t]
Esgarde de cest sosterel	Esgarde de cest soterel
Qui me baise deuant le gent 396	Qui me bese deuant lagent
Baudons	G[a]utier
Marot nous sommes si parent	Marot nous sommes tuit parent
Onques neuous doutes de nous	7a]Onques ne uous doutes de nous
Marions	Marot
Je nele di mie pour uous	399 Je ne le di mie pour uous
Mais il par est si soteriaus	Mais il par est soteriaus
Quil en feroit deuant tous chiaus	Quil en feroit deuant tous ciaus
De no uile autretant *comme* ore / 402	De no uille autretant com ore. /
Robins/	Robin.
Et qui sen tenroit /	Ba. qui sen tendroit/
Et en core	Marot.
Marions/	El encore/
Esgarde *comme* est reueleus 404	Esgardez *comme* est reu[e]O[u]s
Robins	
Diex con ie seroie ia preus 405	
Se li cheualiers reuenoit	
Marions	
Voirement robin que che doit	
Que tu ne ses par quel engien / 408	
Je mescapai	
Robins /	
Je le soi bien/	
Nous ueismes tout ton couuin 410	
Demandes baudon men cousin (381)	
Et gautier *quant* ten ui partir	
Sil orent en moi que tenir	
Trois fois leur escapai tous .ij. 414	
Gautiers	
Robin tu ies trop corageus	Robin tu es moult corageus
Mais *quant* li cose est bien alee	Mes la chose est bien alee

Robin do*us* amis *comment* vail 390
R
Marote je sui de bon hait
Et garis puis q*ue* ie te voi
M
Vien donq*ues* cha acoles moi 393
R
Vole*n*tiers suer puis q*ui*l test bel

M
Esgardes de ce soterel
Q*ui* me baise deua*n*t le gent 396
G
Marot no*us* som*m*es si parent
Onq*ue*s ne v*ous* caille de no*us*
M
Je ne le di mie p*our* vo*us* 399
Mais il parest si soteria*us*
Quil enferoit deua*n*t to*us* chia*us*
De no vile autreta*n*t c*om*me ore/402
R
Be q*ui* sen te*n*roit
M
Et encore /
E*s*gardes *comme* est ieucleus
R
Diex q*ue* je seroie ja preus 405
Se li che*ua*lier*s* reuenoit
M
Voireme*n*t robin ce q*ue* doit
Q*ue* tu ne ses p*ar* quel engíen / 40S
Je mescapai.
R
Je le sai bien /
No*us* veismes tout to*n* co*n*uin
Dema*n*de gautier mo*n* cousin 411
Et baudon q*ua*nt ten vi p*ar*tir
Jl nore*n*t en moi q*ue* tenir
.uj. fois le*n*r escap*ai* to*us* deus 414
B
Robin tu es trop corageus
Mais qu*an*t la chose est bien alec

P
390 *Robin*s, Mi. Cou. — 394 **Robins.**
*Voientiers, suer, pui*s *qu'il l'est bel.*
Mi. Cou. — 396 *la gent.* Mi. — 398
ne vous caille Mi. — *ne vous doutès*
Cou. — 400 *il parest* Mi. Cou. —
403 **Marions.** *Et encore,* Mi. Cou. —
411 Das *u* in *cousin* ist dem *n* sehr
ähnlich.

A
Nach v. 389 (ohne Wiederholung
des Namens **Marot**) *Robin?* **Robin.**
Marote? **Marote.** *Dous* Vi. — 392
Variante fehlt bei Vi. — 397 *Gautiers.*
Vi. — In der Hs. beginnt der Name
an dieser Stelle fälschlich mit *C* (ähn-
lich geschrieben wie in *Car*, v. 388),
sonst mit einem der Hs. eigentüm-
lichen *G*, v. 240, 247, 255 u. s. w. —
Variante (*tuit*) fehlt bei Vi. — 400
Variante fehlt bei Vi., ebenso 403,
404. — Das *u* in dem letzten Worte
des v. 404 ist ganz undeutlich, von
dem *e* fehlt die Schleife. — Cou. (Vi.)
giebt an, dass v. 405-414 im Ms. A
fehlen, lässt aber in seinem Texte
die Namen der Redenden *Robins* (405)
und *Gautiers* (415) ausserhalb der
Parenthese, womit er das Fehlen der
Verse bezeichnet. — Nach Ms. A
werden v. 415-418 von *Murot* ge-
sprochen und schliessen sich sofort
an v. 404 an. — 415 Variante fehlt
bei Vi., ebenso 416.

Pa
398 Diese von *P* und *A* abwei-
chende Lesart von Mi. in den Text
aufgenommen. — 399 *pour* oder *por*,
cf. Anm. zu v. 155.

De legier doit estre ouuliee
Ne nus ne le doit point reprendre
44a]   Baudons
Jl nous couuient huart atendre
Et peronnele qui uenront/
Ou ues les chi
        Gautiers/
    Voirement sont. /
Di huart as tu te chieurete /
        Huars
Oil /
        Marions /
    Bien uiegnes tu perrete /
        Peronnele
Marote dieus te beneie
        Marions
Tu as este trop souhaidie
Or est il bien tans de canter /
        Li compaignie /
† Aucuc tele compaignie
† doit on bien ioie / mener /
        Baudons /
Somme nous ore tout venu /
        Huars
oil /
        Marions /
Or pourpensons un ieu /
        Huars /
Veus tu as roys et as roines /
        Marions /
Mais des ieus con fait as estrines /
Entour le ueille du noel /
    Huars;   Baudons. /
A saint coisne Je ne uoeil el
        Marions. /
Cest uilains ieus on i cunkie /
        Huars
Marote si ne ries mic
        Marions
44b] Et qui le nous deuisera
        Huars
Jou trop bien quiconques rira
Quant il ira au saint offrir
Ens ou lieu saint coisne doit sir
Et qui en puist auoir sen ait /

417 De legier doit estre oubliee
Ne nus ni doit apres entendre
        Robin
Si nous couient huart atendre
420 Et perronnele qui uendront/
Ocz les ci /
        Marot
    Voirement sont. /
        Robin
Di huart as tu ta cheurete /
        Huart
423 Ouie /
        Marot
    Bien ueingnez uous perrete /
        perrete
Marote diex te beneie
        Marot
Tu as este trop [s]ouhaitie
426 Or est il bien tens. de chanter /
† En si bonne compaignie
† doit on bien / ioie mener. /
        Baudoul
429 Sommes nous ore tous uenu[s]/
        Gautier
Ouil uoir/
Or pourpensons .j. gieu/
431 Veus tu aus roys ou aus roynes/
Mes des geus con fait as estruines/
433 Entour la ueille de noel/
        Robin.
A saint cosine./ Je ne ueil eil./
        Marot.
435 Cest uilain geu len i conchie/
        perrete
Marote si ne ries mie
        Marot
Et qui le nous denisera.
        Baudoul
438 Je trop bien. quiconques rira
Quant il ira aus sains offrir
V lieu saint cosme seu (!)
441 Et qui en puist auoir sen ait/

[118]

(382)

(383)

De legier doit estre oubliee 417
Ne nuls ni doit apres entendre
M
Jl nous conuienl huart atendre
Et peronele qui venront / 420
O. ve les ci
B
Voirement sont /

Di huart as tu te cieurete /
H
Oil 423
M
Bien viegnez tu perrete /
143a] P
Marote diex vous beneie
R
Tu as este trop souhaidie
Or est il bien tans de canter / 426

Auec tele compaignie
doit on bien ioie mener. /
B
Sommes nous ore tout venu / 429
, H
Oil
B
Or porpensons .j. ju /
H
Veus tu as rois v as roines /
B
Mais as jeus con fait as estrines / 432
Entour le veille de noel /
H   B
A saint coisne.   Je ne voel el /
M
Cest vns vilains jeus on y kunquie/435
H
Marote se ne ries mie
B
Et qui le nous deuisera.
H
Je trop bien. quiconques rira 438
Quant il ira au saint offrir
V lieu saint coisne doit seir
Et qui enpuist auoir sen ait 441

P

418 *Ne nus ne doit point le reprendre.* Mi. Cou. — 428 *Doit-on bien joie mener.* Mi. Cou. — *mener* ist wegen der Noten heruntergerückt und steht auf derselben Zeile als ein Teil des v. 430. — *bien* ist in der Hs. *bn* mit einem Haken geschrieben, der sonst ein ausgelassenes *n* oder *m* bezeichnet, z. B. *Somme* v. 429. Ausgelassenes *ie* wird v. 71 in *cheualier* durch eine zweimal gewundene Schleife bezeichnet.

A

418 *Ne nus ne doit* Vi. — 419 Variante des Verses fehlt bei Vi., ebenso 421. — Die in *A* abweichenden Namen der redenden Personen v. 421 und 422 sind von Vi. nicht angegeben worden. — 423 Variante fehlt bei Vi. — 425 Der obere Teil des langen *s* in dem etwas undeutlich gewordenen Worte *souhaitie* (mit *t* wie in v. 532) ist verwischt. — 427-428 Die 2 Verse mit Noten schliessen sich in *A* unmittelbar an 425-426 an. *Li compaignie* fehlt, was von Vi. nicht angegeben ist. — 427 *compagnie* Vi. — 430 *Gautiers.* Vi. — Die Variante (*Ouil uoir*) fehlt bei Vi. — Von *Gautier* (v. 430) an bis *Robin* (v. 434, in der Hs. vor der 2. Hälfte des Verses auf derselben Zeile) ist in *A* kein Personenwechsel angegeben, was Vi. unbeachtet lässt. — 431 Variante fehlt bei Vi., ebenso 435 u. 439. — 440 Für *seu* oder *seu* (die beiden *i* oder die beiden Striche des *u* sehen einer Art von *r* sehr ähnlich) ist wohl *seir* zu lesen. — *Ens où lieu saint Cosme doit seir.* Vi.

Pa

425 *R* befindet sich mit einem kleinen Auslassungszeichen links am Rande im Ms. — 433 Das Abkürzungszeichen := *ur* in *Entour*, eine Null mit einem Haken nach rechts, fast ein *a*, steht über dem *o*; es drückt sonst *our* oder *or* aus, cf. *pour*, *por* v. 155.— 437 Am Schluss der Zeile ein *c* über dem Punkte, ebenso nach *fera* v. 442.

Gautiers /   Robins /   Baudons /   Gautier 7b]Baudo[u]l   Gautier
Qui le sera   Jou   Cest bien fait /   Qui le sera./   Jou/   Cest bien fait/
                                                    Huart
Gautier(s) offres premierement /   Gautier offres premierement /
    Gautiers!
Tenes saint coisne che present / 444   Tenes saint cosme cest present /
Et se uous en aues petit /   E se uous en aues petit /
Tenes   446 Tenes /
    Robins /   perrete.
Ou. il le doit il rit   [119]   He il le doit. il rit/
    Gautiers!   Huars; (384)   Marote
Certes cest drois   Marote or sus   Cer[t]O. cest drois /
    Marote/   Huars/   Huart
Qui le doit   Gautiers li testus   Qui le doit gautier le testu /
    Marions /   Marote
Tenes saint coisnes biaus dous sire/   Tenes saint cosme biau dous sire/
    Huars   Robin
Diex com ele se dent de rire   450 Diex com elle se tient de rire
Qui ua apres perrote ales   Qui ua apres. perrete ales
    Peronnele   perrete
Biau sire. Sains. coisnes tenes   Biau sire .Saint. cosme tenes
Je uous aporte che present   453 Je uous aporte ce present
    Robins   Robin.
Tu te passes et bel et gent   tu te passes et bel et gent
Or sus huart et uous baudon   Or sus huart et uous baudoul
    Baudons   (385)
Tenes saint coisne che biau don 456
    Gautiers
Tu ris ribaus dont tu le dois   Tu ris ribaus dont tu le dois/
    Baudons   Baudo[u]l
44c] Non fach. huart apres / Je uois. Non fais huart. apres. ie uois/
    Huars /   Li Rois. /   huart.
Veschi deus mars/   Vous le deues.   Ves ci .ij. mars. uous le deues /

    Huars /
Or tout coi point ne uous leues   460 Or tout quoi point ne uous leues
Car encore nai ie point ris   Car encore nai ie point ris
    Gautiers.   Robin
Que chest huart est chou estris   462 Quest ce huart est ce estris
Tu ueus toudis estre batus   Mal soies uous ore uenus
Mau soiies uous ore uenus   Tu ueus tous iors estre batus
Or le paies tost sans dangier   465 Or le paie tout sans deignier
    Huars.   Huart
Je le uoil uolentiers paier   Je le uueil uolentiers paier
    Robins.   Robin
Tenes sains coismes est che pais   Te[ne]s .Saint. cosme est ce plais

G   R   H
Qui le fera. Jou   Cest bien fait/
B
Gautier offres premierement/
G
Tenez sains coisnes ce present/ 444
Et se vous en auez petit/
Tenez
R
Ho il le doit il rit/
G   H
Certes cest drois   Marote orsus' 447
M   H
Qui le doit. Gautiers li testus/
M
Tenez sains coisnes biaus dous sire/
H
Diex comme ele se tient bien de rire
Qui va apres.   Pierrete ales 451
P
Biau sire sains coisnes tenez
Je vous aporte ce present 453
R
Tu te passes et bel et gent
Or sus huart et vous baudon
B
Tenez sains coisnes ce biau don 456
G
Tu ris ribaus dont tu le dois/
B   G   H
Non fais. Huart apres. Je vois/

Ves ci .ij. mars. 459
G
Vous le deues/
H
Or tout coi point ne vous leues
Car encore nai ie point ris
B
Que cest huart. est ce estris. 462
Tu veus toudis estre batus
Mal soies vous ore venus
Or le paies tost sans dangier 465
143b]   H
Je le voel volentiers paier
R
Tenez sains coisnes est ce plais

P

143 Gautier, Mi. Cou. — 446 Ho!
il le doit, Mi. Cou. — 448 Marions.
Qui le doit? Mi. Cou. - 455-59 Non
fach. [Gautiers.] Huart, après. Huars.
Je vois. Vés chi Mi. Cou. — 467
Coisnes. Est-che plais? Mi. — Cois-
nes, est-che pais? Cou.

A

442 In der Hs. fehlt der eine Strich
des zweiten u in Baudoul, und man
müsste eig. Baudoil lesen. — Gautiers.
Vi. — 443 Gautiers, Vi. — 445 Et se
vous Vi. — 447 Certes, c'est Vi. Der
Punkt nach dem Loch ist wohl der
Rest des schliessenden s, von dem e
ist auch noch ein schwacher Strich
erhalten. — 448 Huart fehlt bei Vi.
— Gautiers le Testus. Vi. — 449
Variante fehlt bei Vi. — ebenso
452. — In v. 451, 452 ist die Namens-
form perrete von Vi. nicht besonders
angegeben, wie auch sonst nicht
Marote, Baudoul für Marions, Bau-
dons. — 457 ribaud, Vi. — 458 Bau-
doul. Non faul. Huart après? je vois.
Vi. — 459 Ve chi deus Vi. — 462
Robins. Vi. — 463 Tu reux tous
jours Vi. — 465 paiës tout dans
deinger. Vi. — 467 Das n (fast = u)
und e von Tenes sind in der Hs. un-
deutlich und beschädigt, weil diese
Stelle durchlöchert ist. — Variante
fehlt bei Vi.

Pa

458-459 (1. Hälfte). Die Reihen-
folge der redenden Personen in Pa
von Mi. und Cou. in den Text auf-
genommen. — 467 plais, Pa = A,
von Mi. in den Text gesetzt.

Marions
Ho singneur chis ieus est trop lais /
En est perrete.
Perronele /
Jl ne uaut nient /
Et sachies que bien apartient (386)
Que fachons autres festeletes [120]
Nous sommes chi .ij. baisseletes
Et uous estes entre uous .iiij.
Gautiers.
Faisons.j. pet pour nous esbatre
Je ni uoi si bon fi gautier
Robins

Saues si bel esbanoiler
Que deuant marote mamie
Aues dit si grant uilenie
Dehait ait par mi le musel
A cui il plaist ne il est bel
Or ne uous auiegne iamais
Gautiers
44d] Je le lairai pour auoir pais /
Baudons. /   Huars /
Or faisons .j. ieu. Quel uieus tu
Baudons /
Je uœil ogautier le testu /
Jouer as rois et as roines

Et ie ferai demandes fines
Se uous me uoles faire roy
Huars   (387)
Nenil sire par saint eloi
Ains ira au nombre des mains
Gautiers
Certes tu dis bien biaus compains
Et chieus qui chiet en .x. soit rois
Huars
Cest bien de nous tous li otrois
Or cha metons nos mains eusanle
Baudons
Sont eles bien que uous ensanle /
Li quiex commenchera.
Huars /
Gautier /
Je commencherai uolentiers /
Empreu /

[M]arote
Ho. seigneurs cis gieu est trop lais/
469 Enest perrete /
perrete
Jl ne uaut nient/
Et sachiez que bien apartient
Que faisons autres festelete:
472 Nous sommes ci .ij. baisseletes
Et uous estes entre uous. .iiij.
Gautier
474 faison .i. pet pour nous esbatre/
Je ni voi si bon /
Robin
fi. gautier /

Saues si bel esbanoier
477 Et deuant marote mamie
Auez ait si grant uilonnie
Maudehais ait par le musel
480 A qui il plest naqui est bel
Or ne uous auiengne iames
8a]   Gautier.
Je le lerai pour auoir pes /
Marote   Robin
Or faisons .j. gieu / Quel uels tu /
Marot
484 Je ueill o gautier le testu /
Jouer aus rois et aus roynes
:?   Gautier
486 Et ie ferai demandes fines
Se uous me uoulez faire roi
Robin
Nenil sire foi que uOs doi
489 Ains ira aus nombres des mains.
huart
Certes tu dis bien biaus compains
Et cil qui chiet en .x. soit roys
baudoul.
Ce est bien de nous li otrois
Or ca metons nos mains ensemble
Robin
Sont eles bien que uous en samble/
495 Li quiex commencera /
Huart
Gautiers /
Gautier
Je commencerai uolentiers/
497 En preu /

M
He seignour cis jens est trop lais/ 468
En est perrete
        P
        Jl ne vaut nient/
Et saciez que bien apartient
Que fachons autres festeletes   471
Nous sommes ci .ij. baissclctes
Et vous e[st]ez entre vous quatre
        G
Faisons .j. pet pour nous esbatre 474
Je nt voi si bon.
        R
        Phi gaulier/
Sauez si bel esbanoier
Qui denant marote mamle   477
Aues dit si grant vilonie
Dehait ait par mi le musel
A cui il plaist ne il est bel 480
Or ne vous aniegne jamais
        G
Je le lairai pour auoir pais,
    P   M
Or faisons .j. jeu Quel veus tu, 483
        P
Je veul o gaulier le testu
Juer as rois et as roines
        B
Et je ferai demandes fines·   486
Se vous me voles faire roi
        G
Nenil sire foi que vous doi
Ains ira au nombre des mains 489
        H
Certes tu dis bien binus compains
Et cils qui chiet en .x. soit rois
        G
Cest bien de nous tous li otrois 492
Or cha metons nos mains ensamble
        H
Sont eles bien que vous ensamble/
Li quels commenchera.   495
        R
        Gautiers,
        G
Je commencherai volentiers·
Empreu

P
469 Perrete? Peronnele Mi. –
Pérrete? Péronnòle. Cou. – 471 Der
Schreiber wollte ursprünglich einen
Namen mit B (Baadons?: schreiben
und änderte erst nachträglich B zu
G (Gauturs statt Bautiers)   475 Je
n'i roi si bon. Robins. Et! Gautier:
Mi. Cou. – cf. A. Pa. – 489 de mains.
Cou. – 495 co munchera? Mi. Cou.
– 496 Gautiers. Mi. Cou. – 497
Emprcn (?: Co. (Errata). – Em
preu Cou. (Text) = Mi.

A
468 Das u von gieu sieht eher wie
ein n aus. – 469 perrete, cf. 451,
452. – 473 Die Abkürzung des letzten
Wortes sieht in der Hs. fast wie ein
u und ein y aus. – 477 Variante
fehlt bei Vi. – ebenso 480, 489. – 479
Mau dehais Vi. – 484 Marote. Vi.
– 485 aus rois, aus roines. Vi. –
486 Gautiers. Vi · 488 Robins.
Nennil, sire, for que vous dic. Vi. –
Das schliessende i in joi sieht der
einen Art des r etwas ähnlich aus, aber
for wäre sinulos. – 490 Das n in bien
ist dem u sehr ähnlich. – 492 Variante
fehlt bei Vi. – 494 en könnte eher
eu gelesen werden, vgl. bien v. 490.
486 – 497 En preu nicht von Vi, an-
gegeben.

Pa
468 seignour oder seignor; das
Abkürzungszeichen ist eine Null mit
einem Haken nach rechts, fast
= a, über dem n. Cf. v. 211. –
478 Im Worte estez ist ein kleines
Loch, so dass st undeutlich, wenn auch
noch zu lesen, ist.—474 u. 482 pour oder
por, cf. v. 155. – 477 Qui. Es könnte
vielleicht auch Que (= Conjunct.)
gelesen werden, wenn auch sonst das
hier angewandte Abkürzungszeichen,
etwa ein i ohne Punkt oben neben Q,
ui vertritt (v. 442, 448), während für
ue ein Haken oben neben Q gebraucht
wird (v. 462, 471). Vgl. que, qui
v. 278. – 495 Nach commenchera
steht ein c über dem Punkt.

4

Huars   Robíns   Baudons[121]   huart   baudoul   Robín
Et deus./   Et trois./   Et quatre./   Et .ij. /   Et .iij. /   Et .iiij. /
      Huars/   (388)
Conte apres marot sans debatre/ 498 Conte apres marot sans debatre/
    Marions/   Peronnele/   Marot
Trop uolentiers. Et .V./   Et .Vi./   Trop uolentiers *et* .v. *et* .vj.
Gautiers.   Huars   Robins   Baudons
Et .Vij./   Et .Viij./   Et .ix./   Et .x./ *et* .vij : *et*/ .viij. *et* .ix. *et* .x.
                                   baudoul

45a] Enhenc biau seigneur ic sui rois Enhenc biau seignor ie suí roys
       Gautiers   Marot
Par le meredieu chou est drois 502 par la mere dieu ce est drois
Et nous tout ie cuit le uolons   Et nous tous ce croi le [u]oulons
       Robíns
Leuons le haut et couronnons/ 504 Leuons le haut *et* coronnons /
Ho bien est   Ho: bon est /
       Huars/   Robín
      He perrete or donne / He perrete en quar me donne /
Par amours en lieu de couronne / Par amors en leu de coroune /
Au roi ton capel de festus/   507 Au roi ton chapel de festus/
  Peronnele/   Li rois/   (389)   perrete   baudoul
Tenes rois   Gautiers li testus/   Tenes roys/   Gautier le testus/
Venes acourt tantost uenes   Venez a court tantost venez
       Gautiers   Gautier
Volentiers sire *commandes*   510 Volentiers sire *commandes*
Tel cose que ie puisse faire   Tel chose que ie puisse fere
Et qui ne soit amoi contraire   Et qui ne soit a moi contraire
Je le ferai tantost pour uous 513 Je le ferai se ionques puis
       Li rois   Le roi parle
                       Gautier premierement te ruis
                       Que tu dies ci deuant nous
Di moi fu tu onques ialous   514 Sonc fus de tamie ialous
Et puis sapelerai robín   [E]t puis sapelerai robin.
       Gautiers   Gautier
Oil sire pour .j. mastin   516 Ouil sire pour .j. mastin
Que iois hurter lautrefie   8b] Que ioi hurter lautre fie
A luis dele cambre mamie   [122] A luis de la chambre mamie
Si en soupechonnai .j. home / 519 Si en soupeconnai .i. homme/
    Li rois/   Robíns/   Le roi parle.
Or sus robin   Rois Walecomme / Or sus robin/
                       Robin.
Demande moi che quil te plaist   Rois commande moi ce quil te
                                 plest /
      Li rois   (390)   Le roy.
Robin quant une beste naist   522 Robin quant une beste nest
A coi ses tu quele est femele   A quoi ses tu quele est femele

P R B
et .ij. *et* .iij. *et* quatre /

H
Contes apres tost sans debatre / 498
M P
Trop volentiers *et* .v. *et* sis /
H G R B
et .vij. *et* viij. *et* .ix. *et* dis /

Enheuc biau seig*nour* je sui rois
H
Par le *mere* dieu chou est drois 502
Et no*us* tout je croi le volons
G
Leuons le haut *et* coronons / 504
Ho b*ien* est
H
He perrete or donne/
P*ur* amo*ur*s en lieu de coronne /
Au roi ten capel de festus / 507
P B
Tenez rois. Gautiers li testus /
143c] Venez a court ta*n*tost venes
G
Volentiers sire *commandes* 510
Tel chose q*ue* ie puisse faire
Et qui ne soit a mí *contraire* 512
Mais q*ue* de ci ne me remu
Ne ne bouch me*n* doit v fu
Je le ferai ta*n*tost po*ur* vous 513
B
Di moi fus tu onque[s j]alous
Et puis sapelerai robi*n*
G
Oil sire *pour* .j. mastin 516
Q*ue* ioi hurter lautre fie
A luis de le cambre mamie
Si ensoupechonnai .j. ho*mm*e / 519
B R
Or sus robi*n*. Rois walecomme/

Demande moi ce q*uil* te plaist

B
Robi*n* quant vne vake naist 522
A q*uoi* ses tu quele est femele

P
499, 500 Die Ziffer *V* ist mit der
einen vom Schreiber der Hs. ge-
brauchten Form des grossen *V* (z. B.
297, 407) bezeichnet oder sieht der-
selben wenigstens sehr ähnlich aus.
— 520 *Roi, walecomme!* Mi. Cou.

A
498 *débattre.* Vi. — 499 **Marote.**
Trop volontiers. Et V. Et VI. Vi. —
501 *Eulenc! biau seignor,* Vi. —
In der Hs. steht ein deutliches *h,* das
n nach dem *E* (*Enhenc*) könnte aller-
dings auch *u* gelesen werden, da so-
wohl oben als unten der Verbindungs-
strich gezogen ist. — 502 *Marote.*
Vi. — 503 Variante fehlt bei Vi. —
Das erste *u* von *uoulons* ist unvollstän-
dig, die Stelle ist durchlöchert. — 505
Varianten fehlen bei Vi. — 506 Das
n von *en leu* sieht eher wie ein *u*
aus, weil der obere Verbindungsstrich
fehlt oder nur angedeutet ist; *u* und
u sind oft undeutlich geschrieben und
schwer zu unterscheiden, cf. oben v.
490, 494, 501. — 513a Li Roi parle:
Gautiers Vi. — 514 *Donc ju de
l'amie jalous.* Vi. — Das *S,* womit
der Vers beginnt, ist ein wenig ver-
wischt, aber sicher nicht *D* zu lesen.
— 516 *mastin* fast = *mastiu,* 519
en fast = *eu* geschrieben, cf. oben
v. 506. — Zu v. 520, 521 bemerkt
Cou. (Vi.): *Ce mot (walecomme) ne
se trouve pas dans le Ms. d'Aix. On
y lit:* »*Rois, mande-moi com qu'il
te plet.*«

Pa
501 *seignour* oder *seignor,* Abkür-
zungszeichen wie v. 468. — 506 *amours*
oder *amors,* cf. v. 13 *amor, amour.* —
512ab von Mi. aufgenommen, cf. *P.*
— 513 u. 516 *pour* oder *por,* cf. v.
155. — 514 Durch das kleine Loch,
das schon auf 143b (v. 173) bemerkt
worden ist, ist *s* von *onques* und *j*
von *jalous* ein wenig beschädigt
worden.

Robins	Robin.
45b]Ceste demande est bonne *et* bele/	CestO[d]emande est bonne *et* bele/
Li rois/ Robins/	Le roy. Robin
Dont i respon Non ferai uoir/	525 Donc i respong/ Non ferai uoir/
Mais se uous le uoles sauoir	Mais se uous le uoules sauoir
Sire rois au cul li Wardes	Sire rois au cul li gardes
El de mi uous nen porteres	528 Ja plus de moi nenporteres
Me cuidies uous chi faire honte /	Me cuidiez ci fere honte /
Marions/ Li rois/	Marote Le roy
Jl a droit uoir a uo A uous ken monte	Jl a droit uoir/ A uous que monte/
Marions/	Marote
Si fait car li demande est laide/	531 Si fait car la demande est laide/
Li rois /	Le roi.
Marot *et* ie uœil quil souhaide/	Marot *et* ie ueill quil souhaite /
Son uoloir	Son uouloir /
Robins/ Li rois/	Robin Le roy
Je nos sire Non/	Je nos sire/ Non./
Va sacole dont marion /	534 Va donc sacole marion /
Si douchement *que* il li plaise /	Bien doucement si quil li plaisé/
Marions/ (391)	[M]arote
Auuar dou sot sil ne me baise/	Esgar du sot sil ne me baise /
Robins/ Marions/	Robin. Marote
Certes non fac Vous enmentes/	537 Certes non fais / Vous i mentes /
Encore i pert il esgardes	En[cor i] pert il. esgardes
Je cuil que mors ma ou uisage	Je quit quil mait morse el uisage
Robins	[R]obin.
Je cuidai tenir .j. froumage	540 Je cuidai tenir .i. fromage
Si te senti ie tenre *et* mole	Si te senti ie tendre *et* mose (!)
Vien auant seur et si macole/	Vien auant suer *et* si macole/
Par pais faisant.	543 Par pais faisant /
Marions. / [123]	Marote.
Va dyable sos /	Va a dyable sos/
Tu poises autant *comme* .j. blos	Tu poises autant *com* uns blos
Robins	[R]obin
Or de par dieu.	545 Or depar dieu uous uous corcies
45c] Marions.	
Vous uous courchies	Venes ca si vous apaisies
Venes cha si uous rapaisies 546	Marot
Biau sire et ie ne dirai plus	Biau sire ie ne dirai plus
Nen soies honteus ne confus	Ne soiez honteus ne confus
Li rois.	Le roi parle
Venes acourt huart uenes	549 Venes a cort huart venes
huars.	Huart
Je uois(s) puis *que* uous le uoles	Je uois puis que uous le uoules
Robin Li rois. (392)	Le [roi.]
A coi ses-t si tait diex	Or di huart si tait diex

R
Ceste demande est bone *et* bele /
B   R
.Dont y respon Non ferai voir / 525
Mais se *vous* le voles sauoir
Sire rois au cul li gardes
Nel de moi ne*n*porteres   528
Me cuidies *vous* ci faire honte /
M   B
Jl adroit voir A *vous* camo*n*te /
M
Si fait car le dema*n*de est laide / 531
B
Marot *et* je veul q*ui*l souhaide /
So*n* voloir.
R   B
    Je nos sire   Non
Va sacole dont marion /   534
Si douce*m*ent qu*e* il *l*i plaise /
M
Awa du sot sil ne me baise /
R   M
No*n* fais voir *Et* vo*us* y *m*entes/ 537
Encore y pert il esgardes
Je cuit morse mas v visage
R
Je cuidai ten*i*r .j. fromage   540
Ta*n*t te se*n*ti iou tenre *et* mole
Vien aua*n*t suer *et* si macole /
Pa*r* pais faisant   543
M
Va dyable sos /
Tu poises au ta*n*t co*m*me vns blos /
R
Or de pa*r* dieu
M
    Vous vous courcies /
Venez cha se *vous* rapaisies   546
Saciez *et* ie nen dirai pl*us*
Ne*n* soie[s] honteus ne co*n*fus
B
Venes a court huart venes   549
143d]   H
Je vois pu*is* qu*e* vo*us* le voles
B
Or di huart si tajt diex

P
525 *Donc* Cou. — 526 *Mais si*
Cou. -- 530 *a uo* weggelassen von
Mi., Cou. -- *mente?* Cou. — 536
Aurar Mi. - *Awar* Cou. — 539
Ueber dem ersten Strich des *u* und
über *g* von *usage* ist in der Hs. ein
Punkt. — Ebenso über dem *r* von
Marions und über dem *y* von *dyable*
in v. 543. — 550 *Je vois*, Mi. Cou.

A
524 Das *t* von *Ceste* ist ein wenig
verwischt, *e* und ein Teil des fol-
genden *d* fehlen, weil das Pergament
hier durchlöchert ist. — 528 *n'em-*
porterés. Vi. — In der Hs. steht
neuporteres = *neuporteres*, *u* = *n*,
cf. eben v. 506. — 529 Variante fehlt
bei Vi, ebenso 530, 534, 535, 536, 537.
— 538 Die Stelle ist durchlöchert.
Man las vielleicht urspr. *Encore i*
pert. Auch vom *r* des ersten Wortes
ist nur wenig erhalten. — 539 Va-
riante fehlt bei Vi. — 541 Reim und
Sinn verlangen *mole*; der Schreiber
hat aus Versehen ein langes, dem *l*
ähnliches *s* für *l* eingesetzt. — 543
Variante fehlt bei Vi. — 544 *com*
oder *con*, cf. v. 603. — 547 *Marote*.
Vi. — Variante zu v. 547-548 fehlt
bei Vi. — 549 *parle* nicht angegeben
von Vi.

.

Pa
530 *camonte* (= *c'amonte*). Ueber
dem *a* ist ein leiser Strich, scheinbar
aus Versehen vom Copisten statt über
o gesetzt und dann ungenügend ge-
löscht. Der Strich über *o* bezeichnet
das folgende *n*. — 537 *R* steht im
Ms. am Rande. — 543 Zwischen *Par*
und *pais* ist etwas ausradiert, nicht
erkennbar was, vielleicht ein irr-
tümlich geschriebenes *y*. — 548 Der
Buchstabe nach *soie* ist radiert; er
gleicht mehr einem *n*. Man erwartet
über ein *s*.

Quel uiande tu aimes miex	552 Quel uiande tu aimes miex
Je sai bien se noir me diras	Je sai bien se uoir men diras
huars.	[huart.]
Bon fons de porc pesant *et* cras	Bons fons de porc pesans *et* cras
A le fort aillie de nois	555 9a] A la fort aillie de nois
Certes ienmengai lautre fois	Certes ie*n* menfai lautre fois
Tant que ien euch le menison	Tant que ien oi la menoison
baudons.	Le roi parle
He. dieu confaite uenison	558 O diex com faite uenoison
Huars nen diroit autre cose /	Huart nen diroit autre chose/
huars /	Le roi parle.
Perrete ales a court /	Perrete uien a cort/
Perrete	perrete.
Je nose /	Je nose/
baudons.	Le roi parle
Si feras si perrete or di	561 Si feras si perrete [or]O
Par cele foi(s) que tu dois mi	Par cele foi que tu dois mi
Le plus *grant* ioie cainc eusses	La plus grant ioie quonques eusses
Damours en quel lieu *que* tu fusses	Damors en quel que lieu *que* fusses
Or di *et* ie tescouterai	565 Or di *et* ie tescouterai
Perrete.	perrete.
Sire uolentiers le dirai	Sire uolentiers le dirai
Par foi chou est *quant* mes amis	567 Sire ce que mes amis uint
Qui en moi cuer *et* cors amis (393)	A moi ous chans *et* si me tint
Tient a moi as cans *com*paignie	Longuement bonne co*m*paingnie
45d]Les mes brebis sans uilenie/	570 Les mes brebis sans uilonnie
Pluseurs fois menu *et* souuent /	Pluseurs iors menu *et* souuent/
baudons./ perrete./ huars. /	Le roi parle perrete. Le Roy
Sans plus Voire uoir Ele ment	Sanz plus/ voire uoir/ Ele ment/
baudons./ [124]	Robin.
Par le saint dieu ie ten croi bien	573 par le cors dieu ie le(n) croi bien
	Le roi parle
Marote or sus uien acourt uien	Marote or sus uien a cort vien
Marote.	Marote
Faites moi dont demande bele	faites moi donc demande bele
baudons.	Le roy parle
Volentiers di moi marotele	576 volentiers. di moi marotele
Combien tu aimes robinet	Combien tu aimes robinet
Men cousin che ioli uarlet	Mon cousin ce ioli ualleO
Honnie soit qui mentira	579 Honnie soit qui men mentira
Marions.	Marot
Par foi ie nen mentirai ia	par foi ie nen mentirai ia
Je laim sire damour si uraie	Je laing sire damor si uraie
Que ie naim tant brebis q*ue* iaie	582 Que ie naing tant brebis que iaie
Nis cheli qui a aignele	Neis cele qui a aignele
baudons. (394)	Le roy.
Par le saint dieu cest bien ame	par le saint dieu cest bien ame

Quel viande tu aimes miex 552
Je sai bien se voir me diras
H
Bons fons de porc et pesant et cras
A le fort aillie de nois
Jou enmengai tant lautre fois
Que iou en euch le menison
B
He diex con faite venison 558
Huars nen diroit autre chose/
H
Pierrete alez a court
P
Je nose/
B
Si feras si perrete or di 561
Par cele foi que tu dois mi
Le plus grant iole caine eusses
Damours en quel lieu que tu fusses
Or di haut je tescouterai 565
P
Sire volentiers le dirai
Par foi chou est que mes amis 567
Qui en moi cuer et cors a mis
Tient a moi as camps compaignie
Les mes brebis sans vilonie 570
Pluiseurs fois menu et souuent
B   P   G
Sans plus Voire voir Ele ment
Par le sain dieu je le croi bien 573
Marot or sus vien a court vien
M
Faitez moi demande bele dont
B
Volentiers di moi marotele 576
Quau bien tu aimes robinet
Men cousin ce joli vallet
Honnie soil qui mentira 579
M
Par foi ie nen mentirai ia
Je la m sire damour si vraie
Que ie maim tant brebis que iaie 582
Nis celi qui a aignele
B
Par le sain dieu cest bien ame

P

556 ien mengai in der Hs. durch vertikalen Strich getrennt. — 562 foi Mi. Cou. — 572 Baudons. Mi. Cou. — 555 Man könnte ebenso gut baudous lesen, das n sieht hier dem u sehr ähnlich, an einigen Stellen noch mehr, so v. 573, 576, 581. Die Form Baudons ist für P und Pa durch den Reim gesichert (455-6, baudon : don, in der Hs. A : baudoul).

A

553 Variante fehlt bei Vi. Ebenso 563, 564, 571, 579, 583, 588. — 554 Der Name des Redenden ist ausnahmsweise schwarz gezeichnet und fast ganz verwischt. — 557 Tant eher = Taut zu lesen, u = n, cf. v. 506. — 558 Le Roy parle: Hé, Dieu! com faite venaison! Vi. — Nach v. 559 fehlt Le roi parle. bei Vi. — 561 Roy Vi. — 563 grant, n fast = u, cf. v. 506. — 568 aus chaus Vi. — o in ous etwas undeutlich und vielleicht urspr. a. — n in chans nur wenig ähnlich dem u. — 569 Sengnement Vi. — Es ist Longnement oder Longuement zu lesen. — compaignie. Vi. — Der Haken für n steht über dem a. — 572 Le Roy parle: Vi. — 573-4 Variante unvollst., resp. fehlt bei Vi. — Das n von len ist durchgestrichen und unterpunktiert. — 576 Li Roy parle: Vi. — 577 robinet sieht in der Hs. eher = robiuet aus; n = oder ähnlich u auch in Honnie (579), nen = neu, mentirai (580). Cf. v. 506.

Pa

560 u. 574 court; das hier angewandte Abkürzungszeichen ist sonst = or oder our (cf. v. 564), hier -= ur. Das Wort findet sich ausgeschrieben v. 549. Vgl. Entour v. 433. — 564 amours oder amors, 551 amour oder amor, cf. v. 13 — 575 Der Schreiber hat durch Striche angedeutet, dass dont, das er vor demande vergessen hatte, dorthin gesetzt werden soll

Je uœil quil soit de tous seu
Gautiers
Marote il test trop meskeu
Li leus emporte une brebis
Marote.
Robin ceur i tost dous amis
Anchois que lileus le mengue
| Marote.([Robin]
Gautier prestes moi uo machue
Si uerres iabacheler preu
Hareu le leu le leu le leu
Sui ie li plus caitis qui uiue /
Tien marote
Marote /
46a]   Lasse caitiue
Comme ele reuient dolereuse
Robins.
Mais esgar comme-ele est croteuse
Marions.
Et comment tiens tu chele beste
Ele a le cul deuers le teste
Robins.
Ne puet caloir che fu de haste
Quant ie le pris marote or taste
Par ou li leus lanoit aierse
Gautiers.   (395) [125]
Mais esgar comme ele est chi perse
Marions
Gautier que uous estes uilains
Robins.
Marote tenes le en uos mains
Mais Wardes bien que ne uous morde

Marote
Non ferai car ele est trop orde
Mais laissiele. aler pasturer
baudons.
Ses tu de quoi ie uœil parler
Robin se tu aimes autant
Marotain con tu fais sanlant
Certes ie le te loeroie
A prendre se gautiers lotroie /

Gautiers./   Robins./
Jou lotri   Et iou le uœil bien
baudons.   Robins./
Pren le dont Cha est che tout mien/

585 Je ueill quil soit de tous seus
Gautier
Marote il test trop mescheu
Li leus en porte une brebis
M[ar]ot.
588 Robin queur i tost biaus amis
Aincois que li leus la meniuce (!)
Robin ,
Gautier prestez moi uo macue
591 Si uerres ia bacheler preu
Hareu le leu le leu le leu
Sui ge le plus hardi qui uiue /
594 Tien marot /
Marot.
Ha. lasse chaitiue /
9b]Comme elle reuient dolereuse
Robin
Mais esgar com ele est croteuse
[M]arot.
597 Et comment tiens tu cele beste
Elle a son cul deuers la teste
Robin.
Ne puet chaloir ce fu [d]e haste
600 Quant ie la pris. marote or taste
Par ou li leus lauoit aherse
Mais esOr com elle est si perse.
Gautier
¦Gautier¦ com uous estes uilains
Robin.
Marot tenes la en vos mains /
Mais gardes bien quel ne uous morde /

Marot.
606 Non ferai car elle est trop orde
Mais lessiez laler pasturer
Huart
Ses tu de quoi ie uueill parler
609 Robin se tu aimes autant
Marion con tu fes semblant
Saches ie le te loeroie
612 A prendre se gautier lotroie /

Gautier
Jlmest bel et ie lotroie/
Je le veill bien pren le donc/
Robin.
Ce est tout mien /

Je veul qu.il soit par tout seu 585

H

Marot il test trop mesken

Li leus emporte vne brebis

M

Rob '   ·: tost dous amis   588

Anchois que li leus le mengue

K

Gautier prestez cha ma machue

Si verrez ia bacheler preu   591

Hareu le leu leileu le leu

144a] Sui iou li plus hardis qui viue/

Tien marote   594

M

Lasse caitiue /

Comme ele reuient dolereuse

R

Mais esgar comme ele est croteuse

M

Et comment tiens tu cele beste 597

Ele u sen cul deuers se teste

R

Ne puet caloir ce fu de haste

Quant ie le pris marot or laste 600

'ar ou li leus lauoit aierse

G

.ais esgar comme ele est ci perse

M

Gautier que vous estes vilains 603

R

Marot tenez le en vos mains

Mais gardes quele ne vous morde

M

Non ferai car ele est trop orde 606

Mais laissiez le aler pasturer

B

Ses tu de quoi je veul parler

Robin se tu aimes antant   609

Marotain que tu fais samblant

Sachez ic le te loeroie

A prendre le se gautiers lotroie 612

G   R

Jl mest bel   Et je le veul bien

B   R

Pren le dont   En est ce tout miex.

P

589 li mengue. Cou. — 590 Robins.
Mi. Cou. -- In der Hs. ist Marote
durchgestrichen, und daneben mit
undeutlicher Schrift Robin, wie es
scheint, von fremder Hand. — 593
se teste. Mi. Cou. -- 599 ce fu Mi.
Cou. — 606 Non ferai-je, car est
trop orde; Cou. — 608 baudons tust
== baudous. n fast == u (ebenso v.
614), cf v. 572. — 608 ceil Mi.
— wail Cou. — 610 con oder com. —
com Mi. Cou. — Das Abkürzungs-
zeichen (etwa wie die Zifter 2) steht
für com (z. B. comme v. 602) und
con (z. B. con == c'on J. A. v. 203).
Das Wort ist ausgeschrieben con (==
comme) J. A. 346.

A

589 Aincois == Aiucois, n == u,
cf. v. 506. — 590 Das e von macue
sieht fast wie c aus. — 591 Variante
fehlt bei Vi., ebenso 598. — 599 Der
obere Teil des d in de ist fast ganz
verwischt. — 601 leus avoir aherse
Vi. — 602 Vor dem Loch befindet
sich ein Buchstabe, der eher wie ein
l als wie ein langes s aussieht. —
Mais esgar comme elle ci perse. Vi.
— 603 Die Abkürzung kann com oder
con gelesen werden, wie in v. 541;
com ist ausgeschrieben v. 596, 602,
con v. 610. — Gautiers. Comme vous
estes vilains! Vi. -- 604 Variante
fehlt bei Vi, ebenso 605. — 606 ohne
Bemerkung bei Cou. (Vi.). Cf. Anm.
bei P. — 607 Variante fehlt bei Vi.,
ebenso 610, 611.' — 613 Gautiers. Vi.
— 614 donc oder dont, c ähnlich ==
t, donc Vi.

Pa

592 leileu ist wohl nur verschrie-
ben statt leleu == le leu; urspr.
scheint für den 3. und 4. Buchstaben
(il) ein u da gestanden zu haben, aus
dessen zweitem Bestandteile der Schrei-
ber ein l nachträglich gemacht hat.

baudons.   (396)   Gautier

Oil nus ne ten fera tort 615 Oil nus ne ten fera tort

46b]   Marote.   Marot

He. robin *que* tu mestrains fort He robin que tu mestrains fort

Ne ses tu faire belement Ne ses tu fere belement

      baudons.

Cest *grans* merueille quil ne *prent* Cest *grant* mcrueille quil ne prent

De clics deus gens perrete enuie 619 De ces .ij. gens perrete enuie

    Perrete   Perronnele

Cui moi ie nen sai nul en uie   QO moi. ie nen ai nule enuie

Qui iamais eust de moi cure 621 Que iamais eust de moi cure

    baudons.   Huart

Si aroit si par auenture   Si aroit uoir par auenture /

Se tu losoies assaier /

Perrete.   baudons. /   (397) p[e]rrete   huart

Ba cui. A moi ou a gautier 624 A qui / A moi ou a gautier /

    huars. /

Mais a moi tres douche p*e*rrote

    Gautiers.   Gautier

Voire sire pour uo musete Voire sire por uo musete

Tunas ou monde plus uaillant 627 Tu nas el monde plus uaillant

                Huart

Mais iai aumains ronchi traiant Si ai au mains roucin traiant

Bon harnas *et* herche et carue Bon harnas charrete *et* charrue

Et si sui sires de no rue 630 Et si sui sire de no rue

Sai houche *et* sercot tout dundrap Sai houce *et* sorcot tout dun drap

Et sa me mere .j. bon hanap [126] *Et* sa ma mere .i. bon hanap

Qui mescherra selle moroit 633 Et une rente quen li doit

Et vne rente con li doit   *Qui* mescharroit sele moroit

De grain seur .j. molin auent De grain sus .i. moulin a uent

Et vne uake qui nous rent 636 Et une uache qui nous rent

Le iour asses lait *et* froumage Le ior assez let *et* fromage

Na il en moi bon mariage / Na il en moi bon mariage /

Dites perrete   .   639 10a] Dites perrete /

    perrete. /   perrete

    Oil gautier /   Ouil gautier /

Mais ie noseroie acointier Mes ie noseroie acointier

Nului pour mon frere guiot Nului por mon frere guiot

46c] Car uous et li estes doi sot 642 Bien en porroit uenir bataille

Sen porroit tost uenir bataille Bien en porroit uenir bataille

    Gautiers.   Gautier

Se tu ne me ueus nemen caille Se tu ne le uels ne men chaille

Entendons a ces autres noches 645 Entendons a ces autres noces

    huars.

Di moi cas tu chi en ches boches Dis moi quas tu ci en O botes

H
Oil nuls ne te*n* fera tort 615
M
He robi*n* qu*e* tu mestrains fort
Ne ses tu faire belement
B
Cest grant merueille qu*i*l ne pre*n*t
De ces .ij. ge*n*s perrete enuie 619
P
Cuf moi. ie ne*n* sai nul en vie
Q*ui* iamais eust de moi cure 621
B
Si aroit voire p*ur* aue*n*ture
Se tu lauoics assaiet
P B
A cui A moi v a gautier 624
H
Mais a mi tres douce perrete
G
Voire sire p*our* vo musete
Tu nas el mo*n*de pl*us* vailla*n*t 627

Mais iai au mains ro*n*chi tr*a*iant
Bon harnas *et* hierche *et* carue
Et si sui sires de no rue 630
Sai houce *et* sercot tout d*un* drap
Et sa ma me*r*e .j. bo*n* hana*p*
Q*ui* meskerra sele moroit 633
Et vne rente co*n* li doit
De grain sor .j. molin a vent
144b] *Et* vne vake qui no*us* rent 636
Le iour assez lait *et* fro*m*mage
Na il en moi bo*n* mariage /
Ditez perrete 639
Γ
Oil gautier /
Mais ie noseroie acointier
Nului p*our* men frere guiot
Car vo*us* *et* il estez doi sot 642
Si enpoOroit venir bataille
G
Se tu n[e m]e veus ne me caille
Ente*n*dons a ces autres noces 645
P
Di moi *quus* tu en ces boces

P

615 *baudous* = *baudons*, *u* = *n*,
ebenso v. 618, 622, 624, cf. v.572. —
625 *Perrète*. Cou. — 632 *s'a ma* Mi.
Cou. — 644 *Se te* Con.(Text), *Se tu*
(Errata).

A

615 Gautiers. *Oil, nus ne l'en* Vi.
— 618 Das Fehlen des Namens nicht
angegeben von Vi. Das *n* von *grant*,
über dem sich das Abkürzungszeichen
(= *ra*) befindet, sieht eher = *u*
aus, cf. v.506. — 620 Von *Qui* fehlen
wegen des Loches das *u* und das *i*,
von dem sich nur der darüber befind-
liche Strich erhalten hat. — *Qui?
moi! Je n'en ai nule envie.* Vi., ohne
Angabe der besondern Namensform
der redenden Person. — 621 Variante
fehlt bei Vi. — 622 *aranture*. Vi. —
624 *à Gautiers*. Vi. — 626 *Voir,
sire, poi vo musete*, Vi. — 627 *n'as*
Vi. — In der Hs. eher = *uas*, cf.
u = *n*, v. 506. — 628 *Si j'ai au
mains routin traiant*. Vi. — 629 u.
633 Variante fehlt bei Vi. — Um-
stellung von v. 633 und 634 von Vi.
nicht angegeben. — Man könnte für
Qui vielleicht auch *Que* lesen, aber
der hier angewandte Haken ist etwas
verschieden von dem Haken = *ue*
in *Que* v. 471, 517. — 635 Variante
fehlt bei Vi. — *n* fast = *u* in *moulin,
uent, rente* (634), *mon* (641), cf. v.506.
— 643 Variante fehlt bei Vi., ebenso
644. — 646 *en* fast = *eu*, wie oben
(v. 644) *ne* fast = *ue*, cf. v.506. —
Das Fehlen von *Huars* ist von Vi.
nicht angemerkt. — Von dem durch
das Loch zerstörten Worte ist vor
botes noch ein Haken erhalten.

Pa

626 und 641 *pour* oder *por*, cf.
v. 135. — 643 Durch das Loch ist
wohl ein *r*, das ursprünglich da ge-
standen haben mag (*enporroit*) ver-
nichtet worden. — 644 Auch hier
ist im Ms. ein Loch, das die 2 be-
zeichneten Buchstaben von *ne me*
beschädigt hat.

	(398)	
Peronnele.		Perrete
Jl ia pain sel *et* cresson		Jl ia pain scil *et* cresson
		gautier.
Et tu as tu rien marion	648	Et tu as tu riens marion
Marions.		Marote
Naie noir demande robin		Naie noir demande robin
Fors du froumage dui matin		fors du fromage dui matin
Là du pain qui nous demoura	651	*Et* du pain qui nous demora
Et des poumes quilmaporta		
Ves en chi se uons en uoles		Ves en ci se nous en uoles
Gautiers.		
Et qui neut deus gambons sales /	654	Qui eust/ .ij. iambons sales /
huars. Gautiers.		Marote. Gautier
Ou sont il/ Ves les chi'tous pres		Ou sont il/ Ves les ci tous pres/
peronnele/		huart
Et iou ai deus froumages fres/		Et ie ai .ij. fromages fres /
huars. Peronnele.		Marot Huart.
Di de quoi sont il/ De brebis/	657	Di. de quoi sont il/ De brebis/
Robins.		Baudoul.
Segneur et iai des pois rotis		Seigneurs *et* iai des pois rostis
huars (399)		Marot
Quides tu par tant estre quites		Cuides tu pour tant estre quites
Robins.		Robin.
Naie encor aiiou poumes quites	660	Naie. encor ai ie des poumes cuites
Marion en ueus tu auoir/		Marion en ueuls tu auoir/
Marions. / Marions [127]		Marot. Robin. Marot
Nient plus. Si ai 46d]Dime dont uoir/		Noient plus. Si ai. Or di donc uoir/
Que chou est que tu mas Warde/	663	
Robins.		Robin/
† JAi encore j. tel paste (400)		† ENcore ai ie .i. tel paste.
† Qui nest mie/ de laste.		† Qui est de/ coulon tube.
† Que nous mengerons marote	666	† Que nous mengerons/ marote.
† bec a bec et moi *et* uous.		† bec a bec *et* moi *et* vous. /
† Chi/ me ratendes marote		† ci me ratendes marote
† chi uenrai parler a uous	669	† ci uendrai/ parler a uous/
Marote ueus tu/ plus de mi/		Ma[ro]te ueus tu plus or di/
Marions. Robins./		[M]arote. Robin.
Oil en non dieu/ Et iou te di		Ouil certes/ 10b] Et ie te di/
† QVe iou ai un tel capon.	672	† Quencor ai ie .i. tel chapon.
† Qui a' gros *et* cras crepon.		† Qui est cras/seur le crepon
† Que nous mengerons marote(401)		† Que nous mengerons/ marote.
† bec a bec *et* moi et *vous*/	675	† bec a bec *et* moi et uous.
Chi me ratendes marote		† Ci/me ratendes marote
Chi uenrai parler a uous		† ci uendrai par/ler a uous./
Marote.		Marot
Robin reuien dont tost a nous	678	Robin reuien donc tost a nous

B
Jl y a pain sel *et* cresson

Et tu as tu riens marion   648
M
Naie voir demande robin
Fors du frommage du matin
Et des pumes quil maporta   652
Et du pain quil no*us* demora 651
Ves ent ci se vous envolez
G
Et q*ui* veut .ij. gambons salez 654
H   G
V sont il. Ves les ci tous pres
P
Et q*ui* veut .ij. frommages fres
H   P
De quoi sont il di De brebis 657
R
Seign*our* *et* iai des pois rostis
H
Cuidez tu *pour* ta*nt* estre cuites
F
Naie encor ai ie des pumes cuites 660
Marion en veus tu auoir
M   R   M
Nient pl*us* Si ai   Di me dont voir 654
Q*ue* chou est q*ue* tu mas garde; 663
R
Jai encore .j. tel paste
q*ui* nest mie de; laste.
q*ue* no*us* menge*r*ons marote 666
bec / a bec *et* moi *et* vo*us*.
Ci me rate*n*dez ma /rote.
Ci venrai p*ar*ler a vous /   669
Marote veus tu de mi
M   R
Oije en no*n* dieu *Et* je de ti (!)
Q*ue* iou ai voir .j. tel capon 672
144c] Q*ui* a gros *et* cras le crepon
Q*ue* no*us* mengerons marote
Bec a bec *et* moi *et* vous   675
Ci me ratendez marote
Ci venrai p*ar*ler a vous
M
Robin reuien dont tost a nous 678

P
651 *demora*, Mi. — 652 *pumce* Mi.
— 656 *deur* Mi. Cou. — 658 *Seignor*
Mi. Cou. — *eur* ist durch dieselbe
oder eine ähnliche Abkürzung (eine
Null mit Haken über dem *n*) bezeich-
net als *or* in *amor* v. 13. — Aus-
geschrieben ist das Wort: *seyneur*
R. *et* M. 728. J. A. 1. 826. — *sioneur*
J. P. 34. R. *et* M. 241. J. A. 791. -
scigneur J. A. 705. R. *et* M. 250. 501.
— *singneur* R. *et* M. 468. — *segnieur*
J. P. 1. 5. R. *et* M. 742. 764. J. A
763. 765. 1001. — 659 *Cuides-tu* Mi.
Cou. — 660 *Naie*, encore *ai-jou* Mi.
Cou. — In der Hs. sehen die 2 i-
Striche (ohn- Punkt) gerade so wie
die für *u* verwandten Striche aus:
anou. — 662 *Nient plus* [Robins.]
Si Mi. Cou.   663 *Que chou est que
tu m'as garde*. Mi. — fehlt bei Cou.
— Das *J* (664) nimmt 8 Zeilen, das
Q (672) 4 Zeilen ein, was Verschie-
bung anderer Buchstaben bewirkt
hat. — 670 vor dem 2. Teile des
v. 669, neben den bezüglichen Noten.

A
648 *Gautiers. Et tu. as-tu rien*
Marion? Vi. — 649 *Marion.* Vi. —
654 Variante fehlt bei Vi., ebenso 655.
659. 660, 671, 673. — 657 *Marote.* Vi. —
Teber v. 662, 663 ist von Vi. (Cou.)
nichts angegeben. — 664 *Ai-je en-
core un tel pastè* Vi. — 666 *men-
gerons*, das letzte *n* fast = *u*, cf.
v. 506. — 672 *Qu' encore ai-je un tel
capon*. Vi. — Das Vorhandensein der
Noten zu v. 676 u. 677 ist von Vi.
nicht angegeben.

Pa
658 *Seignour* c ler *Seignor*, cf. v.
198. 241. — 659 *pour* oder *por*, cf.
v. 155. — 662 Der Name *R* = *Robins*
(auch in *A*) von Mi. (= Cou.) in
den Text gesetzt. — 671 *de ti* oder
de ci; der Kons*o*nant ist sowohl von
dem üblichen *t* als von dem *c* ver-
schieden, aber 1 -iden sehr ähnlich. —
Nur zu v. 664 - 669 sind die Noten
durch leeren Raum angedeutet, nicht
zu v. 672 ff.

Robins	Robin.
47a] Ma douche amie uolentiers	Ma douce amie uolentiers
Et uous mengies endementiers	Et si mengies en dementiers
Que girai si feres que sage	681 Que girai si feres que sage
Marions.	Marote
Robin nous feriemmes outrage	Robin nous ferions outrage
Saches que ie le Weil atendre	Saches que ie te ueill atendre
Robins.	Robin.
Non feras mais fai chi estendre	684 Non feras. mais fais ci estendre
Ten iupel en lieu de touaille	Ton iubel en lieu de touaille
Et si metes sus uo uitaille	Et si metes sus uo uitaille
Car ie reuenrai certes lues	687 Quar ie reuendrai tout errant

---

P　Li gieus de Robin et de Marion.　P

Warniers./　　　Robins.
Robin ou vas tu./　A bailues/
Chi deuant pour de le uiande/
Car laual a feste trop grande/ 690
Venras tu auœc nous mengier /
　　　　Warniers./
On en feroit ie cuit dangier /
　Robins. /　　　Warniers./ (402)
Non feroit nient/Jon irai donques 693
Guios./　Rogaus.　　Gnios./　[128]
Rogiaul　Que/ Or ne ueistes onques/
Plus grant deduit ne plus grant feste/
Que iai ueu.　　　　　　696

　　　Rogaus.　　　Guios.
　　　　ou./　　Vers aiieste /
Par tans nomucles en aras/
Veu iai trop biaus baras /
Rogaus.　　　　Guios./
Et de cui/ Tous de pastouriaus/ 699
47b] Acate i ai ches bourriaus
Auœcques mamie saret
　　　　Rogaus.
Guiot or alons uir maret
Laual si trouuerons Wautier
Car ioi dire quil uant(!)ier
Peronnele te sereur prendre
Et ele ni uaut pas entendre /
Si en eust parle a ti
　　　Guios. /
Point ne lara car il bati
Lautre semaine .j. mien neueu

Et ie iurai et fis le ueu　(403)
Que il seroit aussi bastus　711
　　　Rogaus.
Guiot tous sera abatus
Chis estris se tu me ueus croire
Car gautiers de (!) donra aboire 714
A genous par amendement
　　　Guios.
Je le uœii bien si faitement
Puis que uous uous i assentes 717
Ves chi .ij. bons cornes sentes
Que iai acates a le foire
　　　Rogaus.
Guiot uent men .j. atout boire 720
　　　Guios.　　　　[129]
En non dieu rogaut non ferai
Mais le meilleur uous presterai
Prendes lequel que uous uoles 723
　　　Rogaus.
A vuar que chis nient adoles
Et quil uient petite aleure
　　　Guios.
Cest Warneres de le couture 726
47c] Est il sotement escourchies /
　　　Warniers. /
Segneur ie sui trop courechies/ 705
　　　Gnios.
Comment /　　　　　　729
　　　Warniers. /
　　　Mehales est agute /
708 Mamie el sa este dechute
Car on dist que chest de no prestre

R

Ma douce amie volentiers
Et vous mengiez en dem O iers
Que girai si ferez O sage   681

M

Robin nous feriesmes grant outrage
Saces que je te veul atendre

R

Non feras mais fai ci estendre 684
Ton jupel en lieu de touaille
Et si metez sus vo vitaille
Car je reuenrai maintenant 687

P

683 *œil* Mi. — *rueil* Cou. — 688 *A*
Bailvés, Mi. — *A Bailvés,* (im Text),
A Bailués (Errata) Cou. — 699 *des*
pastouriaus. Cou. — 704 *raut* Mi.
Cou. — In v 706 ist deutlich *naut*
geschrieben, in v. 701 ebenso deut-
lich *uant*; aber *u* = *n*. cf. v. 572.--
714 *te donra* Mi. Cou. — 724 *A!*
war Mi. Cou.   728 *je suis* Cou. —
738 Die zwei *a* von *maaille* sind zu-
sammengeschrieben und erscheinen
wie ein Buchstabe.

A

680 Variante fehlt bei Vi. — 685 Die drei Striche des *i* und *u* von *iubel*
sind in der Hs. nicht zu unterscheiden, da der Strich über dem *i* fehlt.
Das Wort ist = *iupel*, das sich in *A* v. 758 mit *p* geschrieben findet. —
en = *eu*, *n* = *u*, cf. v. 506. — 687 *reviendrai* Vi. — 688—757 fehlen.

Pa

v. 688—757 fehlen, was von Mi. nicht erwähnt wird.

P   Li gieus de Robin et de Marion.   P

Rogaus.   (404)   *Warniers./*
En non dieu Warnier bien puet estre   En non dieu non ferons/
Car ele ialoit trop souuent 733 Car il uient chi les grans Walos/ 747
Warniers.   *Robins. /*
He. las iou auoie encouuent   Warnet tu ne ses mehalos/
De li temprement espouser 735 Est hui agute de no prestre
Guios.   *Warniers.!*
Tu te pues bien trop dolouser   47d] He tout li diale i puissent estre
Biaus tres dous amis ne te caille Robert *comme* aues maise geule 751
Car ia ne meteras maaille 738   *Robins.*   (405)[130]
Que bien sai a lenfant Warder   Toudis a ele este trop ueule
Rogans.   Warnier si mait diex et sote 753
A che doit on bien resuarder   *Rogaus.*
Foi que ie doi sainte marie 741 Robert foi que deues marote
Warniers.   Metes ceste cose en delui
Certes segnieur uo *compaignie*   *Robins.*
Me fait metre ius men anoi   Je ni parlerai plus de lui/ 756
Guios   Alons ent /
Or faisons vn peu desbanoi 744   *Warniers.*   *Rogaus. /*
Entreus que nous atenderons/   Alons/   Passe auant/
Robin.

Marions.
Met ten iupel perrete auant
Aussi est il plus blans du mieu
Peronnele.
Certes marot ie le uœil bien
Puis que uo uolentes i est
Tenes uecs le chi tout prest
Estendele ou uous le uoles
huars.
Or cha biau segnieur aportes
Sil uous plaist uo uiande cha
Peronnele.
Esgar marote ie uoi la
Che me sambie robin uenant
Marions.
Cest mon et si uient tout balant
Que te sanle est il bons caitis
Peronnele.   (406)
Certes marot il est faitis
Et de faire uo gre se paine
48a]   Marions. /
A uuar les corneurs quil amaine/
huars.   Gautiers/
Ou sont il / Vois tu ches uarles/
Qui la tienent ches .ij. cornes
huars.
Par ie saint dieu ie les uoi bien
Robins.
Marote ie sui uenus tien
Or di maimes tu de bon cuer/
Marions.   Robins./
Oil uoir/ Tres grant merchis suer /
De che que tu ne (ti)ten escuses/
Marions./ [131]   Robi ns. (407)
He. que sont che la/ Che sont muses/
Que ie pris achele uilete
Tien esgar con bele cosete
Or faisons tost feste de nous
Rogaus.
Wautier or. le met agenous
Deuant guiot premierement
Et si li fai amendement
De chou que sen neueu batis
Car il sestoit ore aa'is
Que il te feroit asousfrir

10b]   Marot
[M]O ton iupel perrete auant
759 Ausinc est il plus blans du mien
perrete.
Certes marot ie le ueil bien
puis que uos uolentes i est
762 Tenes et ues le ci tout prest
Estendez ou uous le uoles
Marot
Or ca biaus seigneurs aportes
765 Sil uous plest uos uiandes ca
perrete.
Esgar marote ie uoi la
Ce me samble robin uenant
Marot
768 Cest mon et si uient tout balant
Que ten semble est il grans chetis
perrete.
Certes marote il est faitis
771 Et de faire a ton gre se paine
Esgar les corneurs quil amaine/
Marot   per[re]te.
Ou sont il / vois tu ces ualles /
774 Qui tiennent ces .ij. grans cornes
11a]   Marote
Par le .Saint. dieu ie les uoi bien
Robin.
Marote ie sui uenus tien
777 Or di maimes tu de bon cuer /
Marot.   Robin.
Oil uoir/ Tres grans mercis suer/
De ce que tu pas ne tescuses/
Marot   Robin
He que sont ce la/ Ce sont muses/
781 Que iai pris en cele uilete
Suer esgar quel bele chosete
783

786

789

144c] M

Met ten jupel perrete auant

Aussi est il plus blans du mien 759

P

Certes marote je le veul bien

Puis que vo volentes y est

Tenez ves le ci trestout prest 762

Estendez v vous le voles

H

Or cha biau seignour aportes

Sil vous plaist vo viande cha 765

P

Esgar marole je voi la

Ce nie samble robin venant

M

Cest mon. et si vient tout balant 768

Que te samble est il bons caitis

P

Certes marot il est faitis

Et de faire a ton gre se paine 771

B

Baw a les corneurs quil amaine

P   B

V sont il.   Vois tu ces valles

Qui tienent ces .ij. grans cornes 774

P

Par le sain dieu je les voi bien

R

Marot je sui venus. tien

Or di maimes tu de bon cuer 777

M   R

Oije voir   Tres grans mercis suer

De chou que tu ne ten escuses

M   R

He que sont ce la.   ce sont muses

Que ie pris a cele vilete   781

Tien esgar que bele cosete .

P

758 *Marion*. Mi. Cou. — 772 *A!*
war Mi. — Awar Cou. — 773 *U*
sont il? Mi. Cou. — 776 *je suis* Mi.
Cou. — 779 *ti* ist in der Hs. durch-
strichen und unterpunktiert. — *ne*
t'en Mi. Cou.

A

758 *n* fast = *u* in *ton*, ebenso
mien v. 759, *Tenes* v. 762, cf. v. 506.
— Das *M* von *Met* ist unvollständig,
die übrigen Buchstaben sind.fast ganz
zerstört und nicht zu erkennen. —
760 Das *C* von *Certes* sieht hier fast
wie ein *L* aus. — 762 Variante fehlt
bei Vi., ebenso v. 763, 765. — Zu
v. 764-765 ist die in *A* verschiedene
redende Person von Vi. nicht an-
gegeben. — 769 Variante fehlt bei
Vi., ebenso v. 771. -- Que (769), cf.
v. 774. — 772 Das Fehlen des Namens
der redenden Person in *A* von Vi.
nicht bemerkt. -- 773 *Marote*. Vi. –
774 Variante fehlt bei Vi. — Man
könnte hier auch *Que* lesen. Das
Zeichen der Abkürzung (= *ui*), ein
nach beiden Seiten gekrümmter Haken.
sieht gerade so wie das Zeichen (= *ue*)
in v. 769 aus, wo wohl sicher *Que*
zu lesen ist. Indes steht der Haken
hier etwas von *Q* ab, noch mehr in
v. 633, wo ich auch *Qui* gelesen habe.
Cf. v. 633. — Das Pergamentblatt 11
ist in dieser Hs. am meisten beschä-
digt; an einer Stelle ist ein grosses
Loch, wodurch ein Teil des Textes
und eines Bildes der Seite a und ein
Teil eines Bildes der Seite b vernichtet
worden sind. Auch die anderen Bilder
dieses Blattes haben stark gelitten;
die der Seite a zur Linken (v. 775-822)
sind mit einem Stück weissem Papier

überklebt. — 775 Der verschiedene Name ist von Vi. nicht angegeben. —
Das *u* (= *v*) in *uoi* sieht gerade so wie das *n* in *ne* in v. 779 aus. d. h.
der Schreiber hat oben und unten einen Verbindungsstrich für *u* und *n* an-
gewandt; über *u* = *n* cf. v. 506. — 779 Variante fehlt bei Vi., ebenso
v. 781 u. 782. — Cou. (Vi.) giebt an, dass v. 783-799 in *A* fehlen. In der
That fehlen 783-800.

Pa

764 *seignour* oder *seignor*, cf. v. 465. --. v. 783-800 fehlen, was von Mi.
nicht angemerkt ist.

Gautiers.
Voles que ie li uoise offrir /
A boire.
    Rogaus.   Gautiers. /
    Oil /   Guiot buues
        Guios. /
Gautier leues uous sus leues   792
48b] Je uous pardoins tout le meffait
Ca mi ni as miens aues fait
Et uœil que nous soions ami   795
        Peronnele.
Guyot frere parole ami
Vien te cha sir si te repose /
Que maportes tu /   798
        Guios.   (408)
        Nule cose /
Mais taras bel iouel demain
        Marions.

Robin dous amis cha te main   11a]   Marote
Par amours et si te sie cha   801   Robin par amors sie te ca
Et chil *com*paignon seront la   [E] cil compaignon seront la
        Robins.   Ro[b]in.
Volentiers bele amie chiere   volentiers douce amie chiere
        Marions.   Marot.
Or faisons trestout bele chiere 804
Tien che morsel biaus amis dous   Tien ce morsel biaus amis dous
He. gautier a quoi penses uous   Hee gautier aquoi penses nous
        Gautiers.   Gautier.
Certes ie pensoie a robin   807 Certes ie pensoie a robin
Car se nous ne fuissons cousin   Car se nous ne fussiens cousin
Je teusse amee sans faille   Je teusse amee sans faille
Car tu es de trop bonne taille 810 Car tu es de trop bonne taille
                    Gautier.
Baudon esgar quel cors chi a   Baudoul esgar quel cors ci a
        Robins.   [132]   Robin.
Gautier ostes uo main de la   Gautier ostes uos mains de la
Et nest che mie uo amie   813 En est ce mie nostre amie
        Gautiers.   (409)   Gautier
En es tu ia en ialousie /   En es tu ia en ialousie /
    Robins.   Robi[n]
Oil uoir /   Ouil uoir /
        Marions. /   M[a]rot
        Robin ne te doute   Robin ne te doute /
        Robins. /   Robin
Encore uoi ie quil te boute   816 Encor uoi ie que il te boute
48c]   Marions.   Marot.
Gautier par amours tenes cois   Gautier par amors soiO cois

P

798 *Nul cose*; Mi. Cou. — 808
fussions Cou. — 811 *esgard* Cou. —
816 *Encor* Cou.

A

801 *amours* Vi. — 802 Der An-
fangsbuchstabe ist fast ganz verwischt
und kaum zu lesen. — Wahrsch. hat
E dagestanden. Auch viele andere
Buchstaben dieses sehr beschädigten
Pergamentblattes sind sehr undeut-
lich und fast unleserlich. — 803 Va-
riante fehlt bei Vi, ebenso 812, 816,
817. — 808 Das *n* von *fussions* fast =
u, cf. v. 506. — *Gautier* vor v. 811
fehlt bei Vi. — 811 Das *n* in *En*
fast = *u*, noch mehr in *eu*, cf. v.
506. — 817 *soi*○ = *soies*.

M
Robin par amours siete cha 801
Et cil compaignon serront la
R
Volentiers douce amie chiere
144d]   **M**
Or faisons trestout bele chiere 804
Tien ce morsel mes amis dous
He gautier a quoi penses vous
            G
Certes je pensoie a robin 807
Car se nous ne fuissons cousin
Je teusse amee sans faille
Car tu es de tres bone taille 810

Esgar baudon quel cors ci a
            R
Gautier ostez vo main de la
En est ce mie vo amie   813
            P
En es tu ia en jalousie /
            R
Oil voir.
            M
    Robin ne te doute /
            R
Encore voi ie quil te boule 816
            M
Gautier par amours tenez cois

Pa

801, 817, 830 *amours* oder *amors*;
835 *amour* oder *amor*. Cf. v. 13. —
804 *M* steht am Rande im Ms.

Je nai cure de uo gabois
Mais entendes a nostre feste
     Gautiers.
Je sai trop bien canter de geste
Me uoles nous oir canter/
baudons. [133]   Gautiers.
Oil. /   Fai moi dont escouter /
✝ AVdigier dist raimberge
     bouse vous di /
     Robins.
Ho gautier ie nen uœil plus fi
Dites seres nous tous iours teus
Vous estes vns ors menestreus
     Gautiers.
En mal eure gabe chis sos
Qui me ua blamant mes biaus mos
Nest che mie bonne canchons/
Robins.   Perrete. /
Nennil noir/ Par amours faisons /
Le tresque et robins le menra
Sil ueut et (ro) huars musera
Et chil doi autre corneront
     Marions.
Or ostons tost ches coses dont
Par amour robin or le maine
     Robins.
He. dieus que tu me fais de paine
     Marions.
Or fai dous amis ie tacole
48d]   Robins.
Et tu uerras passer descole
Pour chou que tumas acole
Mais nous arons anchois bale
Entre nous deus qui bien balons
     Marions.
Soit puis quil te plaist or alons
Et si tien le main au coste
     Marions.
Dieu robin con cest bien bale
     Robins.
Est che bien bale marotele
     Marions.
Certes tous li cuers me sautele
Que ie te uoi si bien baler
     Robins.
Or uœil iou le treske mener

Je nai cure de vos gabois
819 Mais entendons a nostre feste
     Gautier
Je sai trop bien chanter de geste
Me voles nous oir chanter/
     Robin.   Gautier
822 Oil /   fai moi donc escouter /
(410) ✝ Audigier dist raimberge
     bouse vous di /
[134]   On
Ho : gautier ie nen uueill plus. fi:
825 Oites seres uous tous iours tiex
O Os chantez com ors menestriex
O O [u]re gabe ci[s] [s]O
O O   aus mos
829 Nest ce mie bele chancon /
     Robin.   Marot.
Nennil noir ; par amors faisons/
831 11b]La tr[e]sche. et robins la menra
Sil ueut et huart musera
Et cil dui autre corneront
834 Or ostons ains ces choses dont
Par amors robins or la maine
     Robin
He [d]iex com tu me fais de paine
     Marote.
837 Or [fai] dous amis ie tacole
     Ro[b]in.
Et [t]O [u]erras passer descole
839 Pour ce que tu [mas] acole
(411) Mais nous arons aincois bale
Entre nous ii car bien balons
     M[ar]ot.
Soit pvis quil te plest or alons
843 Et si tien l[a ma]in au coste
Diex robin qu[e] cest bien bale/
     Ro[bin]
Marotele:/
846 Certes tous li cuers me sautele
Que ie te uoi si bien baler
Or ueil ie la tresch[e] m[e]ner

Je nai cure de vos gabois
Mais entendons a nostre feste 819

G
Je sai trop bien canter de geste
Me volez vous oijr canter/

R   G
Oil Fai moi dont escouter/ 822
Audigier dist haimberglie
bouse vous di/

R
Ho gautier je nen vœl plus phi
Ditez serez vous tous iors teuls 825
Vous cantes kuns ors menestreus

G
A male eure gabe cís sos
Qui me va blasmant mes biaus mos
Nest ce mie bone chansons 829

M   P
Nenil voir Par amours faisons
Le treske et robins le menra 831
Sil veut et huars musera
Et cil doi autre corneront

M
Or ostons tost ces coses dont 834
Par amour robin or le maine

R
He diex que tu me fais de paine
M
Or fai dous amis je tacole 837

R
Et tu verras passer descole
Pour ce que tu mas acole
Mais arons anchois bale 840
Entre nous .ij. qui bien balons

M
Soit puis quil te plaist or alons
Et si tien le main au coste 843

Diex robin que cest bien ale

R
Est bien bale marotele

M
Certes tous li cuers me sautele 846
Que ic te voi si bien aler

P

820 Je sais Cou. — 822 baudous
= baudons, cf. v. 572. — 829 can-
chon? Mi. Cou. — 832 ro in der Hs.
durchstrichen und unterpunktirt. —
Vor 844 ist Marions von Mi. u. Cou.
weggelassen. — 847 vois Cou.

A

818 Variante fehlt bei V:., ebenso
819, 829, 834, 836. 841, 844, 845. —
Das n gleich oder ähnl. u in 818 nai,
819 nostre, entendons (2. u. 3.), 821
chanter, 824 nen (1.), 826 chantez,
830 faisons, cf. 506. — Die Stelle v.
824-828 — Verse u. Bild links — ist
durchlöchert und stark beschädigt.
Cou. erwähnt dazu nichts, ausg. die
Var. zu 826. — 824 Ausser dem n
von Robin sind nur Reste von Buch-
staben erhalten. — 826 Vous chantez
com ors menestriex. Vi. — 827 Vor
ure sind noch Reste von Buchstaben
erhalten, ebenso nach ci. Hier sieht
man noch deutlich den obern Teil
eines kleinen Schluss-s u. eines langen
s. — Von 823 sind nur die letzten
6 Buchstaben und davor Reste von
zwei anderen erhalten. — 830 Marote.
Vi. — 839 Der letzte Strich von m
fast ganz verwischt, m = n. — Das
Fehlen des Namens vor 846 und 848
von Vi. nicht angegeben.

Pa

Zu 823 sind die Noten nicht durch
leeren Raum angedeutet. - 839 Pour
oder l'or, cf. 155. — Mit 847 bricht
Pa ab (von Mi. nicht angemerkt). —
Zwischen v. 846, der die 43ste Zeile
(sonst die letzte) füllt, und 847 steht
eine z. T unleserliche, von Feist fol-
gendermassen entzifferte Bemerkung
in verschnörkelter, späterer Schrift:
Robert dus(?) es[t]ra bon ga con et
qui fa[iot(?)] [la] Ribaud[eric].

Marions.
Voire pour dieu mes amis dous 849
Robins.
Or sus biau segneur leues uous
Si uous tenes girai deuant [135]
Marote preste moi ton gant
Sirai de plus grant uolente
Peronnele.
Dieu robin que chest bien ale
Tu dois de tous auoir le los/
Robins.
✝ VEnes apres moi uenes le sentele.
✝ le/ sentele le sentele les le bos 858

Marot
Voire pour dieu mes amis dous
Robin.
Or sus biaus seigneurs leues uous
Si uous tenes girai deuant
852 Ma[r]ote preste moi ton gant
Sirai de [p]lus gra[n]t uolente
Marot
Diex robin que cest bien passe
855 De tresto[u]s dois auoir le los/
856 Par amors mainne nous au bos./
(112)   Ro[b]in./
✝ UEnes apres [mo]i uenes
                la sentele
✝ la sen/tele la sentele les le bois/
Explicit. D[e] Robin. et de Marion.

P   Li ius Adan.   Pb

Li ius Adan./ (297)[55] 266c| C le jeu Adan le bocu
49a]   □   darraz/   [92]

SEgneur saues pour quoi
  jai mon abit cangiet
Jai este auœc feme
  Or reuois au clergiet
Si auertirai chou
  Que iai piecha songiet
Mais ie uœil a uous tous
  Auant prendre congiet
Or ne porront pas dire
  Aucun que iai antes
Que daler a paris
  Soie pour nient uantes
Chascuns puet reuenir
  Ja tant niert encantes
Apres grant maladie
  Ensieut bien grans santes
Dautre part ie nai mie
  Chi men tans si perdu

1 Seignour/ sauez por qoi/
  jai mon abit/ changie/
2 Jai este auoec/ fame./
  or reuois au/ clergie./
3 or auertira ce
  que iai pieca songie
4 por ce vieng a vous toz
  Aincois prendre congie
5 Or ne porront pas dire
  aucun qui iai hantez
6 que daler a paris
  Soie por nient vantez
7 Chascuns puet reuenir
  Ja nert si enchantez
8 quar bien grant maladie
  ensiut bien granz santez
9 Dautre part ie nai pas
  ci si mon tens perdu

P
In dem Titel (hinter v. 858, auf derselben Zeile) stand urspr. *dis.* Dieses
Wort durchstrichen, darüber steht *ius.* Mi. und Cou.: *Li jus Adan ou de
la feuillie.* — Ueber v. 1 *Adans.* Mi. Cou. — In der Hs. statt des Namens ein
Bild, das Adam darstellt, wie er zu mehreren Personen vor ihm von oben herab
redet. In goldgelber, blauer u. roter Farbe gemalt, auf dem Raum v. 9 Zeilen.

P

850 *seynieur* Mi. Cou. — Ueber das Abkürzungszeichen o über dem n = *eur* cf. v. 658.

A

851 Das *n* fast = *u* in *tencs*. cf. 506. — 852 Das *r* von *Marote* ist unleserlich und scheint vielmehr ein *d* gewesen zu sein. — 854 *Marote*. Vi. — Variante des Verses fehlt bei Vi. — 855 Von dem *u* in *trestoas* sieht man nur noch den ersten Teil. — *De tous tu dois acoir le los.* Vi. — Nach v. 858: Das *e* von *De* ist unvollständig und an *D* herangeschrieben. — Unter dem Schlusse befindet sich in der Hs. ein Bild, das rechts durchlöchert ist.

V(Ars.)   Li ius Adan.

132a(291a)] **Cest li coumencemens du jeu Adan le Boçu.**/ [94]|316|

Seignour saues pour koi
  j'ai men abit cangie./
j'ai este aucne feme
  or reuois au clegie(!)./
or auertirai con
  que jai pie(c)a songie/
ancoi sui auous tous
  uenus prendre congie./
dire ne porron! mie
  aucun que j'ai antes./
que daler a paris
  soie pour nient uantes./
cascuns puet reuenir
  ja si n'ert encantes./
car en grant maladie
  gist souuent grans santes./
ne pourtant n'ai jou mie |317|
ci. men. tans si perdu./

Pb
Mi. bemerkt (Anm. p. 92), dass das Fragment dieser Hs. fol. 250, verso, col. 1 beginnt. — Vor der
1 Ueberschrift steht ein *C*, von dessen oberer Spitze ein horizontaler Strich
2 nach rechts und ein vertikaler nach unten gezogen sind. *C* = *C'est*. —
3 Mi. liest: *Le jeu Adan le boçu d'Arraz*. — Zwischen der Ueberschrift und dem ersten Verse ist eine Zeile
4 für den Namen der redenden Person freigelassen, der aber fehlt, wie v.
5 12, 16 u. s. w. — 1 Der grosse Anfangsbuchstabe *S* nimmt in der Hs.
6 einen grossen Teil des Raumes von 8 Zeilen ein. — Das *O* (v. 5) und das *D* (v. 9) nehmen auch den An-
7 fang der folgenden Zeile ein.

8   **V (Ars.)**
Am Rande der Seiten der Hs. *Ars.* befinden sich Bemerkungen, Erklä-
9 rungen und Transcriptionen, die von M. de Sainte-Palaye, dem Verfasser

dieser Abschrift der Hs. *V*, herrühren. Sie sind hier weggelassen. — Die Nummer des Folio-Blattes 294 in *Ars.* steht oben rechts; die Nummer 290, die Mi. (Anm. p. 94) anführt, steht unten auf derselben Seite rechts. — 2 *clegié*; Mi. — *clergie*; (im Text) — *clegie* (Anm.) Ke. - 3 *pieça* Mi. — *piecca* Ke. — In *Ars.* sind zwei Punkte unter dem *c*. -- 8 *souuent* Mi. — *sovent* Ke. — 9 *Nepourcant* Mi. — *Ne pour tant* Ke.

Que je naie a amer   10 que ie naie a amer
   Loiaument entendu   leaument entendu
Encore pert il bien   11 Si quencore pert il
   As tes quels li pos fu   aus tes quels li pos fu
Si men uois a paris   12 260d] or reuois a paris
     Rikece auris.   [56]
   Caitis qui feras tu   chetis qui feras tu
49b] Onques darras bons clers nissi Onques darras bons clers nissi
Et tu le ueus faire de ti   et tu le veus fere de ti
Che seroit grans abusions   15 ce seroit granz abusions
     Adans.   (298)
NEst mic rikiers amions   nest mie riquiers amions
Bons clers *et* soutiex en sen liure bons clers. *et* soutiex *en* son liure
     Hane li merciers.   [93]
OJl pour .ij. deniers le liure   18 Oil por .ij. *deniers*. le. *libre*.
Je ne uoi quil sache autre cose   Je ne voi *quil* sache autre chose
Mais nus reprendre ne nous ose Mes nus reprendre ne *vous* ose
Tant aues uous muaule chief   21 tant auez *vous* muable chief
     Rikiers.
Cuidies uous quil uenist achief   cuidiez *vous* quil venist achief
Biaus dous amis de che *quil* dist biaus douz amis de ce *quil* dist
     Adans.
Chascuns mes paroles despist   24 Chascuns mes paroles despist
Che me sanle *et* giete moult lonc ce me samble *et* gete molt loins
Mais puis que che uient au besoing Mes puis *que* ce vient au besoins
Et que par moi mestuet aidier 27 *et que par* moi mestuet aidier
Sachies ie nai mie si chier   Sachiez ie nai mie si chier
Le seiour darras ne le ioie   le seior darras ne la ioie
Que laprendre laissier en doie   30 *que* laprendre lessier en doie
Puis que diex ma donne engien   puis *que* diex ma done en gien
Tans est que ie latour abien   tans est *que* ie le torne a bien
Jai chi asses me bourse escouse 33 Jai ci assez ma borse escousse
     Guillos li petis.
Que deuenra dont li pagousse   *et que* deuendra la pagousse
Me *commere* dame maroie   Ma *commere* dame maroie
     Adans.
Biaus sire auœc men pere ert chi 36 biaus sire auœc mon pere ert ci
     Guillos.
Maistres il nira mie ensi   Mestres il nira mie ainsi

                      P

11 *as tès* Mi. Cou. — Das *t* sicht hier eher wie ein *r* aus. — 18 *pour deus* Mi. Cou. — 25 *molt* Mi. Cou. — Es ist eher *moult* zu lesen, da *ou* in ähnlicher Stellung in *P* vorherrscht, z. B. *bourse* v. 33. Ausgeschrieben ist das Wort *mout*, z. B. *J. P.* 20. — 28 *n'aie mie* Cou. — 31 *diex ma* (= *m'a*) urspr. in der Hs. zusammengeschrieben und erst nachträglich durch zwei vertikale Striche getrennt. — 34 *Guillos Li Petis* Mi. Cou. —

que jou n'aic en amer
loiaument entendu. '
si k'encore en pert il
a tes qiens li pos fu./
Or reuois a paris.

Or se lieue un personnage et respont.
　　Caitis k'i feras tu.
onques d'arras boins clers n'isi.
et tu le neus faire deti.
ce seroit grans abuisions.
　　Or respont adans.
N'est mie rikiers amions.
boins clers et soutieus en sen liure.
(291b))] et uns autres respont. [95]
Onail pour .iiii. deniers. le liure. 18
je ne uoi que sace autre cose.
mais nus reprendre ne uous ose.
tant aues uous (mu)le(?) chief. 21
　　Or respont uns autres a celi.
Cuidies uous k'il uenist a kief.
biau dous amis de cou q'il dist.
　　Or respont adans.
Chascuns mes paroles despil. 24
ce mesamble et iete moult loing.
mais puis que uenroit au besoing.
et q'il m'estuet par moi aidier. 27
sacies je n'ai mie si chier. ¦318¦
d'arras lesoulas et le joie.'
que la prendre laissier en doie 30
puis que dieus m'a doune engien.
tans est que jou latourne a bien.
j'ai ci asses me bourse escouse. 33
　　Or li respont uns autres.
Et qe deuenra li pagouse.
me coumere dame maroie.
　　Et Adans respont.
Biau sire aneuc men pere jert ci. 36
(295a))] Et cieus li respont.
Maistres il n'ira mie ensi.

10 Man könnte auch *peres* lesen. Das *t* ist klein und sehr ähnlich dem *r*, cf. v. 11; aber das *i* ist deutlich.
11 Auch vgl. v. 186 u. a. — 36 Das Abkürzungszeichen, ein Strich unter dem
12 *p* (= *e*) in *pere* drückt sonst *er* oder *ar* aus, z. B. *perrete R. et M.* 469, *partir R. et M.* 412.

Pb

15 In v. 12 ist auf d. zweiten Zeile Raum für den fehlenden Namen der redenden Person gelassen. — Vor v. 16, 18, 22, 24, 34, 36, 37 ist eine Zeile für den Namen der redenden Person freigelassen, der überall in dieser Hs.
18 fehlt. — 18 Durch *l* und *b* in *lib.* ist eine Schleife hindurchgezogen, die die fehlende Silbe ausdrücken soll. — *deniers le liere:* Mi. — 25 *moult* Mi. — Der ausgelassene Vocal dieses Wortes ist in *Pb*, ähnlich wie in *P*, durch einen Haken nach *l* bezeichnet. Hier ist wohl eher *molt* zu lesen, da *o* in ähnlicher Stellung in dieser Hs. vorherrscht, vgl. unten *torne* v. 32, *borse* v. 33.

V (Ars.)

11 *pert-il* Mi. — *part il* Ke. — Das Abkürzungszeichen, ein Strich unter *P*, in *Ars.* ist dasselbe wie oben in *perdu* (= *er*) v. 9 und unten in *parmi* (= *ar*) v. 114. — 12 *uns personnages* Ke. — 14 *de ti!* Mi. Ke. — In *Ars.* liest man eher *deci.* - 15 *abusions.* Ke. — 18 *deniers* Mi. Ke. — Der letztere sagt (Anm.). *V* habe abkürzend *ds.* — In *Ars.* steht ein eigentümliches *d* etwa = griech. *δ*) mit einem Strich durch den obern Teil. — 21 *muarle* Ke. — *mande* Mi. — In *Ars.* sind Punkte unter den 5 Strichen, die *mu* bilden; *l* fast = *t*, weil eine kleine Schleife

hindurchgeht. — 23 *çou qu'il* Mi. — *cou qu'il* Ke. — 25 *molt* Mi. Ke. — In *Ars.* ist der ausgelassene Vokal durch einen Haken vor *l* bezeichnet; *ou* herrscht in ähnlicher Stellung vor, cf. v. 32, 33. — 27 *Et qu'il* Ke. — 28 In *Ars.* hat urspr. *jen ai* gestanden. Dies ist durchgestrichen und *je n'ai* darüber gesetzt worden. — *je n'ai* Mi. Ke. — 30 *l'eprendre* Mi. Ke. — 32 *l'atourne à lui;* Mi. — *l'atourne a bien;* Ke. — 34 *Et que* Mi. Ke. — 36 *iert ci.* Mi. Ke. — 37 *Maistre,* Mi.

Sele se puet metre a le uoie
Car bien sai sonques le *connui* 39
49c] Que sele uous i sauoit hui (299)
Que demain iroit sans respit
　　　　Adans.　　　　[57]
Et saues uous que ie ferai 42
Pour li espanir meterai
De le moustarde seur men [　]
　　　Guillos.
MAistres tout che ne *vous* uaut nient
Ne li cose a che point ne tient 45
Ensi nen pœs uous aler
CAr puis que sainte eglise apaire 48
Deus gens che nest mie arefaire
Garde estuet prendre alengrener
　　　Adans.
PAr foi tu dis adeuinaille 51
Aussi com par chi le me taille
Qui senfust Wardes. al emprendre
AMours me prist en itel point 54
On li amans .ij. fois se point
Sil seueul *contre* li deffendre
CAr pris fu ou premier boullon 57
Tout droit en le uarde saison
Et en laspreche de iouuent
OV li cose a plus *grant* saueur 60
Car nus ni cache senmeilleur
Fors chou qui li uient atalent
ESte faisoit bel et seri 63
Douc *et* uere et cler et ioli
Delitaule en chans doiseillons
EN haut bos pres de fontenele 66
Courans seur maillie grauele
Adont me uint auisions
De cheli que iai a feme ore 69
Qui or me sanle pale *et* sore

Sele se puet metre a la voie
quar bien sai sonq*ues* la *connui*
que sele vous i sauoit hui
quele iroit demain sanz respit

42 *et* sauez vous *que* ie ferai
por li espaenter metrai
de la moustarde sor mon vit

Mestre tout ce ne *vous* vaut nient
46 ne la chose a ce *point* ne tient
Ainsi nen poez vous aler
48 q*uar* puis q*ue* sainte yglise apaire
.ij. genz ce nest mie a refaire
prendre estuet garde a lengrener

51 261a] p*ar* foi cil dist par deu*i*naille
Ausi com p*ar* ci le me taille
q*ui*l sen fust gardez a lemprendre
54 Amors me prist en .i. tel point
q*ue* ii amanz .ij. foiz se point
Sil se veut dont *vers* li desfendre
57 q*uar* pris sui au premier buillon
tout droit en la verde seson
et en laspresce de iouent
60 qua*n*t la cnose a plus grant saueur
et nus ne chace son meilleur
fors ce q*ue* miex vient a talent
63 estez fesoit bel *et* seri
douz *et* cler *et* vert *et* flori
delitable en chans doiseillons
66 en haut bois p*r*es de fontenele
clere sor maillie grauele
adonc me vint auisions
69 de celi q*ue* iai a fame ore
q*ui* me sa*m*ble ore *et* pale *et* sore*l*
quele estoit donc blanche *et*
　　　　　　vermeille /

(300)
49d] Rians amoureuse *et* deugie 72
Or le uoi crasse mautaillie
Triste et tenchans

72 rianz a*m*oreus*e* *et* deugie
or sa*m*ble crasse *et* mal taillie
triste *et* tencanz

　　　　P

Unten rechts in der Ecke von 49c steht eine .V. mit einer Schleife. —
44 Am Schluss radiert. — *seur men v* ... Mi. Cou. — 53 *vardés* Mi. Cou. — 57 *au
premier* Mi. Cou. — 64 *vert* Mi. Cou.; der letzte Buchstabe sieht aber in der Hs.

s'ele se puet metre alenoie.
car bien sai s'onques le(e)oannui. 39
que s'ele nous j sauoit hui.
qu'ele iroit demain sans respit.

    Et respont Adans.
Et saues nous que jen ferai. 42
pour li espanir meterai.
dele mouslarde seur men vit.
    Et ciens li respont.
Maistre tout con ne nous uant nient.
ne point i. cose a con ne tient. 46
n'ensi nen poes nous aler.
car puisque sainteglise apaire. 48
.ii. gens ce n'est mie a refaire.]319[
Ensies pris garde al'engrener.
    Et Adans li respont.
Par foi cis dist par deuinaille. 51
ausi que par ci le metaille.
qi se fust Wardes a'l'emprendre.
amours me print en un tel point. 54
U li amans .ij. fois se point,
s'il se ueut contre li desfendre.
car pris fui v premier boullon. 57
tout droit en le uerde saison.
et en l'aprete de jouuent.
v li cose a plus grant saueur. 60
(295b)] ne nus ne qace sen meilleur.
fors cou kili uient alalent.
estes faisoit bel et seri. 63
uert et cler et tres et flouri.

en haut bos pres defontenele. 66
clere sus maillie grauele.
adont me uient auisions.
de celi que j'ai afeme ore. 69
qi or mesamble pale et sore.
adont estoit blanke et uermeille.

rians amoureus et de(u)gie. 72
or sa(n)le crase et mautaillie.
tristre et teucans

kann anders als das c in *Douc* aus. —
Unterdem Texte der Columne d stehen
die Worte *See et fenda.*, der Anfang
der ersten Zeile (v. 101) von 50a.

Pb

41 *soz mon n…* Mi. — Vor v. 51,
wie vor v. 42 und 45 ist eine Zeile
für den fehlenden Namen der reden-
den Person freigelassen, cf. oben. —
54 *un tel* Mi. — 55 *ij* sieht aus wie
y mit einer Schleife darüber. — 56
dent Mi. — Man könnte auch *donc*
lesen; *t* sehr ähnlich dem *c*, cf. v. 71.
— 65 *chanz* Mi.

V(Ars.)

39 In *Ars.* zwei Punkte unter dem
c von *counui*. — 40 *i saroit* Mi. Ke.
— 44 *seur men v…* Mi. — 47 *N'ensi*
n'en Mi. Ke. — In *Ars.* ist über *nen*
dasselbe noch einmal geschrieben:
n'en. — *poës-vous* Mi. — *pres vous*
Ke. — 48 *sainte Eglise* Mi. — *saint*
eglise Ke. — 49 *.ij. gens.* Mi. Ke. —
50 *à l'engrener.* Mi. — *a l'engrener.*
Ke. — Das *u* in diesem Worte in
Ars. kann vielleicht auch *n* gelesen
werden, womit *u* leicht zu verwech-
seln ist. — 52 *Ansi que* Mi. — *Ausi*
que Ke. — 54 *en j. tel* Ke. — 55
fehlt in *Ars.* und bei Mi., der sagt
(Anm.): »Il manque ici un vers au
manuscrit du Vatican« — Aber die
Zeile, die Ke. in den Text setzt, muss
dieser wohl in *V* vorgefunden haben,
da er (Anm.) Michel's Bemerkung
ausdrücklich als falsch bezeichnet.—
57 *à premier* Mi. — *u premier* Ke. —
59 *l'aspreté* Mi. — 60 *U h cose* Mi.
Ke.   61 *ne qace* Mi. Ke. — In *Ars.*
ist *q* aus Versehen doppelt geschrie-
ben, das erste durchgestrichen. —
65 fehlt in *V(Ars)*; Ke. hat den ent-
sprechenden Vers aus dem Abdruck
von *Pb* bei Mi. in seinen Text ge-

setzt. — 66 *Et haut bos,* Ke. — 67
amoureuse Ke. — *deugie:* Mi. Ke. —
≡ *n*, darunter zwei Punkte. — 73
Punkte unter dem *n*.

maille Mi. — 71 *blanche* Mi. — 72
In *Ars.* ist das *u* dieses Wortes fast
saule Mi. Ke. — In *Ars.* sind zwei

Rikiers.

C'est grans merueille	cest granz merueille
Voirement estes vous muaules	75 voirement estes vous muables
Quant failures si delitaules	quant fetures si delitables
Aues si briement ouuliees	auez si briefment oubliees
Bien sai pom coi estes saous/	78 ne sai por qoi estes saouls/
Adans. Rikiers/ [58]	
Pour coi, Ele afait enuers uous/	por qoi/ ele a fet enuers vous/
Trop grant marchie de ses denrees	trop grant marchie de ses denrees
Adans.	
Ha. riquier a che ne tient point	81 trop richece a ce ne tient point
Mais amours si le gent en oint	quar amors la gent si enoint
Et chascune grasse enlumine	que chascune grace enlumine
EN fame et fait sanler si grande	84 en fame et fet sambler plus grande
Si con cuide dune truande	Si con cuide dune truande
Bien que che soit une roine	que ce soit bien vne roine
SJ crin sanloient reluisant	87 Si crin sambloient reluisant

Dor roit et crespe et fremiant	dor crespe cler et bien luisant
Or sont keu noir et pendic	or sont cheu noir et pendic
Tout me sanle ore en li mue [59]	90 tout me samble ore en li mue
Ele auoit front bien compasse	ele auoit front bien compasse
Blanc onni large fenestric	blanc ouni large fenestric
OR le uoi creste et estroit	93 or le voi creste et estroit
Les sourchiex par sanlant auoit	les sorciex par samblance auoit
En arcant soutiex et lignies	enarcanz soutiex et lingniez
Dvn brun poil pourtrait de pinchel	96 de brun poil con trais de pincel
Pour le resgart faire plus bel	por le regart fere plus bel
Or les uoi espars et drechies	261b] or les voi espars et dreciez
Con sil noellent uoler en lair	99 con sil vueillent voler en lair
Si noir oeil me sanloient uais(!)	Si noir oeil me sambloient vair
50a] Sec et fendu prest dacaintier	Sec et fendu prest dacointier
GRos desous delies fauchiaus (301)	Gros desouz deliez fauciaus
A deus petis plocons iumiaus	103 A .ij. petiz ploicons iumiaus
Ouurans et cloans adangier.	Ouuranz. et cloanz a dangier
ET regars simples amoureus	105 en simple regart amoreus
Puis si descendoit entre deus	et si descendoit entre .ij.
Li tuiaus dunes bel et droit	[60] li tuiaus du nez bel et droit
QVi li donnoit fourme et figure	108 porsinant par art de mesure
Compasse par art de mesure	qui li donoit forme et figure
Et de gaiete souspiroit	et de gayete souspiroit
EN tour auoit blanche maissele	111 entor auoit blanches maisseles

Faisans au rire .ij. foisseles	fesanz au rire .ij. foisseles
J. peunuces de uermeil	.j. poi muees de vermeil
PArans desous le cueurekief	114 paranz par mi le cueurechief

Or respont li persoune de deuant. | 320 |
    C'est grant merueille.
uoirement estes uons muaules. 75
qant faitures si delitaules.
aues si briement oubliees.
bien sai pour qoi estes saous. | 78
Et respont adans. /   Et cieus lui. '
Pour koi. /   Ele a fait enuers nous
trop grant markie de ses denrees.

    Et respont adans.

T proulp riquece a cou ne tient point
mais amours si legent en oint. 82
et de grase si enlumine.
Em feme et fait sambler plus grande.
si c'on cuide d'une truande.
que ce soit bien une roine.
132b (296a)] Si cring sambloient
       reluisant. /   87
d'or crespe et roit et fourniant.
or sont keu noir et pendic.
tout me saule ore en li mue. 90
ele auoit front bien compasse.
blanc omni large fenestrie.
or le noi crete et estroit. 93
les sourcieus par samblance auoit.
En arcans soutieus et lignies.
de brun poil contrass de pineel. 96
pour le rouart faire plus bel. | 321 |
or les uois espars et drecies.
con sil ueulent uoler en lair. 99
si noir oel me sambloient uair.
sec et fendu prest d'acointier.
gros desons delie fonciaus.
a .ii. petis plocons jumiaus. 102
ouurans et cloans adangier.
en rouart simples amoureus.
et se descendoit entre deus. 105
li tuiaus dunes bel et droit. 107
pour sienans par ars de mesure 109
qi li dounoit fourme et figure. 108
et de geete soupiroit.
(296b)] entour auoit blanques
        maissailes. 111
faisant au ris .ii. foiseles.
un peu nuees de uermeil.
parant parmi le ceuure kief. 114

P

77 *briévement* (Text), *briément* (Er-
rata) Cou. — 82 *Amors* Mi. Cou. —
83 *D'or, roit et crespé* Mi. — Ebenso
Cou. im Text, aber Errata: *D'or roit
et crespe*. — 92 *Blanc*. omni, Mi. Cou.,
cf. v. 125, 137. — 95 *dreschiés* Cou. —
100 *ne sanloient* Cou. — *vais* (sic),
Mi. (*vair* in der Anm.). - *vais* Text),
vair (Errata) Cou.

Pi.

Vor der zweiten Hälfte des v. 74
ist für den fehlenden Namen der re-
denden Person Raum auf der Zeile
freigelassen, ebenso vor den zwei Be-
standteilen des v. 79, eine ganze Zeile
vor v. 81 - 79 *Ele a set* (langes s für *f*,
Druckf.) Mi. — 82 *Amor* Mi. — 83 *d'une*
(*e* für *e*, Druckf.) Mi. - 92 *omni*. Mi. —
Man könnte auch *oimi* lesen, wenn
man den zweiten Strich des *u* mit *n*
zusammenbringt. Aber cf. v. 125,
137. — 99 *Com s'il* Mi. — *com* oder
con; das Abkürzungszeichen kann
beides bezeichnen. Vgl. *compasse*
v. 91, *con* = Cou v. 83. In v. 96 ist
Mi. *con trais* - 101 *pres d'acointier*,
Mi. 105 *amoureus*; Mi.

V (Ars.)

Ke schreibt *muucles* (75), *delituoles*
(76). *Toubless* Ke. - 79 *fais* Ke. —
81 *Troulp* (sic), *Riquece*, Mi. — *Trop*,
riquece, Ke. (Text). - Als Lesart von
V giebt Ke. (Anm.) *Tproutp*. — 82
enront, Mi. — *enoint*, Ke. — 83 *grace*
Ke. — 85 *cui d'une truhunde* Ke. —
87 *sj* (als Lesart von V, Anm.), Si
(Text) Ke. — 91 *compasse*, Ke. —
96 *con trais de pincel*, Mi. — *contrais
de pincel*, Ke. - Das 1. s von con-
trass in Ars. ist ein langes s. —
pauel = *pincel*, cf. 50. 98 *vois*
Mi. — *voi* Ke. -- 100 *sembloient* Mi. —
105 *En rouars* Mi. Ke. — 107 In
Ars. steht vor *droit* dasselbe Wort
verschrieben und durchgestrichen. –
111 *maisseles*, Ke. -- 112 *.ij. foisxeles*
Mi. - *Faisans au rire .ii. foueies*
Ke. (Text). -- Als Lesart von V giebt
Ke. (Anm.): *au ris de .ij.* — 113 *J.*
peu Ke.

Nc diex ne nenist mie achiest (!)		ne diex ne vendroit mie achief
De faire .J. uiaire pareil		de fere .i. viaire pareil
QVe li siens adont me sanloit	117	con li siens adonc me sambloit
Li bouche apres se poursieuoit		la bouche apres le porsiuoit
Graille as cors et grosse ou moilon		Graisle au cors et grosse ou moilon
FResche uermeille comme rose	120	fresche et vermeille plus que rose
Blanque denture iointe close		blanche en denture iointe et close
En apres fourchele menton		et apres forcele menton
Dont naissoit li blanche gorgete	123	dont naissoit la blanche gorgete
Dus cas espaules sans fossete		dusquaus espaules sanz foissete
Onmi et gros en aualant		ounie et grosse en aualant
HAterel poursieuant derriere	126	haterel porsiuant derriere
Sans poil blanc et gros de maniere		Sanz poil blanc et ert de maniere
Seur le cote vn peu reploiant		Sor sa cote .i. poi reploiant [94]
ESpaules qui point nen cruqnoient		espaules qui pas nencrunchoient
Dont li lonc brac adeualoient	130	dont li lonc braz adeualoient
Gros et graille ou il afferoit		Gros et graisle ou il aferoit
ENcor estoit tout che du mains	132	Mes encore estoit ce du mains
Qui resgardoit ches banches(!) mains		qui regardoit ses blanches mains
Dont naissoient chil bel lonc doit		dont nessoient si bel lonc doit
50b] A Basse iointe graile en fin	135	A basse iointe et gresle en fin
Couuert dun bel ongle sangiu		couuert dun bel ongle sanguin
Pres de le char onmi et net		pres de la char ouni et net
OR uerrai au moustrer deuant (302)		or vendrai au moustre deuant
De le gorgete en aualant	139	puis la gorgete en aualant
Et premiers aupis camuset		et premiers au pis camuset
DVr et court haut et de point bel	141	dur cort. et haut de point et bel
Entrecloant le ruiotel		entrecloant le ruiotel
Damours qui chiet en le fourchele		damors qui chiet en la forcele
Boutine auant et rains uauties	144	boutine auant et rains voutices
Que manche diuoire entaillies	[61]	que manche dy uuire entaillies
A ches coutians a demoisele		A ces coutians a damoisele
PLate hanque ronde gambete	147	plate iambe ronde iambete
Gros braon basse queuillete		261c] Gros braon basse cheuillete
Pie uautic haingre a peu de char		pie vautiz haingre a peu de char
EN li auoit itel deuise	150	en li me sambloit tel deuise
Si quit que desous se chemise		Si croi que desouz la chemise
Naloit pas li seur plus eudar		naloit pas li sorplus en dar
ET ele perchut bien de li	153	et ele percut bien de li
Que ie lamoie miex que mi		que ie lamoie plus que mi
Si se tint uers moi fierement		Si se tint vers moi chierement
ET con plus fiere se tenoit	156	et con plus chiere se tenoit
Plus et plus croistre en mi faisoit		en mon cuer plus croistre fesoit
Amour et desir et talent		Amor. et desir. et talent
AVœc se merla ialousie	159	auœc sen mesla ialousie

ne dieus ne uenroit mie a kief.
de faire un uiaire pareil.
que li siens adont me sanloit. 117
li bouque apres se poursieuoit. |96]
graile a cors et grosse v moilon.
fresq et uermeille plus que rose. 120
blance enlenture jointe et close.
et apres fou(c)ele menton.
dont naissoit li blanque gorgete. 123
trus k'as espaules sans fosele.
Ounie et grosse en aualant.
haterel poursieuant deriere. 126
sans poil gros et blanc de
        maniere. |322|
seur se cote un peu reploiant.
espaules qi point n'en crucoient. 129
dont li lonc brac adeualoient.
gros et graile u'il aferoit.
et encor estoice dumains. 132
qi reuuardast ses blances mains.
dont naissoient li biaus lonc doit
a basse jointe graille enfin. 135
(297a)]couuert d'un bel ongle sangin.
pres dele car ouni et net.
or uenrai au moustre deuant. 138
puis le gorgete en aualant.
tout premier au pis camuset.
dur cort et haut de point et bel. 141
entrecloant le ruiotel.
d'amours qi qiet en le fourcele
boutine auant a rains uauties. 144
Com mences diuoire entaillies.
a ces coutiaus a demiseles
plate hanque ronde ganbete 147
gros bran basse quillete.
pie uautic haingre a peu de char.
en li me sambloit teus deuise. 150
et croi que desous le quemise.
n'aloit point li sourplus en dar.152

P

115 à chiest (sic) Mi. — à chiest
(Text), — à chief (Errata) Cou. —
116 un uiaire Mi. Cou. — 125 Omni
Mi. Cou, cf. v. 92, 137. — 133 b[l]an-
ches Mi. Cou. — 137 omni Mi. Cou. —
Hier könnte man vielleicht eher mn
als nm lesen. Aber man liest deut-
lich nm in diesem Worte v. 92, 125. —
142 le riotel Mi. und (Text) Cou. —
le ruiotel (Errata) Cou. — 145 en-
taillés Mi. Cou. — 159 merla (sic) Mi.

Pb

117 Com Mi. — com oder con, cf.
v. 99. — 125 Ounie und 137 ouni
Mi. — An beiden Stellen ist un in
diesem Worte deutlicher als in v. 92.
— 126 haterel oder Haterel; auch bei
dem A = a kann man schwanken,
z. B v. 103, am Anf. ebenso 135, 146,
158, 170. — 156 Et com Mi. — Cf.
v. 99.

V (Ars.)

116 j. uiaire Ke. — un uiaire Mi.
— 117 a dont Ke. — adont Mi. —
119 à moilon, Mi. — u moilon, Ke.
— 120 Fresque et Mi. Ke. — 121 en-
denture, Ke. — 122 In Ars. sieht das
unterpunktierte c von foucele fast
wie t in geete v. 110 aus. — foucelé
Mi. — fourcele (Text), foucele (Anm.,
als Lesart von V)Ke. — 125 grose Ke. —
128 j. peu Ke. — 129 Espaules qui Ke.
— 131 à il Mi. — u il Ke. — 133 rewar-
dast Mi. — 134 biau Ke. — 138 monstré
Mi. — 141 baut Mi. — 143 qui quiet
Ke. — qi qiet Mi. — In Ars. ist das
i von qiet darüber geschrieben. —
144 Boutine Mi. Ke. — In Ars. sind
t (ähnlich dem c in foucele v. 122)
und n in diesem Worte undeutlich. —
et rains Mi. — 145 Com mances Ke.
— In Ars. ist Com und mences zu-
sammengeschrieben und nachträglich
durch einen senkrechten Strich ge-
trennt. — 148 quevillete Ke. — v.
153-164 fehlen in V(Ars.) — Ke. hat
diese 12 Verse nach dem Abdrucke
von Pb bei Mi. in seinen Text ge-
setzt.

Desesperanche *et* deruerſe   desesperance *et* deruerie
Et plus *et* plus fui en ardeur   *et* plus *et* plus ert en ardant
Pour samour *et* mains me *connui* 162 por samor. *et* mains me *connui*
Tant cainc *puis* aise ic ne fui   tant *conques* aaise ne fui
Si euc fait dun maistre .i. segneur.   Si oi fet du mestre seignor
Bonnes gens ensi fui iou pris 165   bone gent ainsi fui ie pris
Par amours qui si meut sous*pris*   *par* amors *qui* mauoit sorpris
Car faitures not pas si beles   *quar* fetures not pas si beles
Comme amours le me fist sanler 168   *comme* amors le mes fist sa*m*bler
50c] *Et* desirs le me fist gousler   Mes desirs le me fist gouster
A le grant saueur de uaucheles   A la gra*n*t saueur de vauceles
SEst drois que ie me reco*n*noisse 171 Sest tens *que* ie men reco*n*noisse
Tout auant *que* me feme engroisse   tout auant *que* ma fame engroisse
Et que li cose plus me coust/   ne *que* la chose plus me coust
CAr mes fains en est apaies 174   *quar* mes fains en est rapaiez

          Riquiers/   (303) Explicit vns geus.
Maistres se nous le me laissies/

          P   Li ius Adan.   P

Ele me uenroit bien a goust   MAistres henris.
        MAistre Adans.   Las dolans ou seroit il pris
NE uous en mesquerroie apieche 177   IE nai mais que .xxix. liures 189
Dieu proi *que* il ne men mesquieche   HAne li merciers.   [62]
Nai mestier de plus de mehaing   Pour le cul dieu estes uous fures
AJns naurrai me *perte* rescourre 180   MAistres henris.
Et pour apr*endre* a paris courre   NAie ie ne bui hui de uin
        MAistre henris.   Jai tout mis en canebustin   192
A biaus dous fiex *que* ie te plaing Honnis soit qui le me loa
Quant tu as chi tant atendu 183   MAistre Adans.
Et pour feme len tans perdu   Quia kia. kia kia
Or fai *que* sages reuatent   OR puis seur chou estre escoliers 195
        Guillos li petis.   50d]   MAistres henris.   (304)
OR li donnes dont de largent 186   Biaus fiex fors estes *et* legiers
Pour nient nest on mie aparis   Si uous aideres apar uous

                        P

163 *c'ainc puis* Mi. Cou. — Das über *p* stehende Abkürzungszeichen ist gleich oder ähnlich dem sonst für *us* oder einmal auch für *ous* gebrauchten Zeichen (etwa wie 9), cf. vous *J. A.* 45, vous *R. et M.* 340, 675, 823; plus *J. A.* 235, wo *pl* ausgeschrieben ist. — 172 *angroisse*, Mi.Cou. -- 175 *Rikiers.* Mi. Cou. — Der Name steht in der Hs. nicht auf der Zeile (v. 174), sondern zwischen dieser und der vorhergehenden, zum Teil über dem letzten Worte des v. 174. — 188 *Maistre Henris.* Cou. — 190 *le c.l* Mi. Cou.

                        Pb
163 *Tant c'onques à aise* Mi. — Das erste *t* ist in der Hs. sehr undeutlich, fast = *c*, oder eine Art *r*. — Zwischen v. 174 und dem Schlusse ist eine Zeile freigelassen.

bele gent ensi fui 'je pris. {323{165
pour amour qi si m'eut soupris.
car faiture n'eut point si beles.
q'amours le me tist sambler.   168
mais desirs le me fist gouster.
ale grant saueur de naueceles. 170

V(Ars.)
166 amour qui Ke. -- 168 me le fist
Mi. — Unter v. 170 Explieit. Mi. —
Nach v. 170 hat Ke. noch die letzten
vier Verse und die Schlussworte in Pb
nach dem Abdrucke von Mi. in seinen
Text gesetzt.

P   Li ius Adan.   P

Je sui .j. uieus hom plains de tous 198
ENfers et plains de ruine et fades
    Li fi(i)sisciens.
BJen sai de coi estes malades
Foi que doi uous maistre henri 201
Bien uoi uo maladie chi
Cest uns maus con claime auarice
Sil nous plaist que ie uous garisce 204
Coiement a miparleres
Je sui maistres bien acanles
Sai des gens amont et aual   207
Cui je garirai de cest mal
Nommeement en ceste uile
En ai ie bien plus de .ij. mille 210
Ou il na respas ne confort
Halois en gist ia a lemort
Entre lui et robert cosiel   213
Et ce bietu le faueriel
AVssi fait trestous leur lignages
    Guillos li petis.
Par foi che nfert mie damages 216
Se chascuns estoit mors tous frois

Li fisisciens.
Aussi ai iou deus ernien frois
Lun de paris lautre crespin   219
Qui ne font fors traire aleur fin
DE ceste cruel maladie
Et leur enfant et leur lignie   222
Mais de haloi est che grans hides
Car il est de lui omicides
Sil en muert cert pu · socoison 225
51a] Car il acate mort pisson (305)
Sest grans meruelle quil ne crieue
    MAistres henris.
Maistres quest che chi qui me lieue
Uous connissies uous en cest mal 229
    Li fisisciens.
Preudons as tupoint dorinal
    MAistre henris.   [63]
OJl maistres ues ent chi vn   231
    Li fisisciens /
Feis tu orine aen gun /
MAistres henris.   Li fisisciens./
Oil /   CHa dont diex iait part /
            P

200 Li Fisisciens. Mi. Cou. — 206 maistre Mi Cou. — 214 Et sieht in der
Hs. eher wie die Abkürzung von et inmitten des Verses (z. B. v. 196) aus. —
215 leurs Cou. — 231 vés-ent chi un. Mi. — vés-en chi un. Cou. (Text).
Cou. (Errata) = Mi. — 233 Maistre Henris. Mi. Cou.

Tu as le mal saint lienart
Biaus preudons ienemuœil *plus* uir
  MAistres henris.
Maistres men estuet il gesir
  Li fisisciens.
Nenil ia pour chou nen gerres 237
Jen ai .iij. ensi atires
Des malades en ceste nile
  MAistres henris.
Qui sont il 240
  Li fisisciens.
  Jehans dautenile
UVillaumes Wagons *et* li tiers
A anon adans li anstiers 242
Chascuns est malades de chiaus(306)
Par trop plain emplir lor bouchiaus
Et pour che as le uentre enfle si
  douce dame.
Biaus maistres consillieme aussi 246
Et si prendes de men argent
51b] Car li uentres aussi me tent
Si fort que ie ne puis aler 249
Sai aportee pour moustrer
A uous de .iij. lieues morine
  Li fisisciens.
Chis maus uient de gesir sounine 252
Dame ce dist chis orinaus
  douce dame.
Vous en mentes sire ribaus
IE ne sui mie tel barnesse 255
Onques *pour* don ne pour premesse
Tel mestier faire ie ne uauc
  Li fisisciens.
Et ienferai Warder ou pauc 258
Pour acomplir uostre menchongne
Rainelet il couuient *con* oigne
Tenpauc lieue sus .j. petit 261
Mais auant esteut con le nit

Fait est reWarde en ceste crois 234
Et si di chou que tu iuois 264
  douce dame
BJen uœil certes con die tout
  Rainneles.
Dame ie uoi chi conuous [ ]
Pour nului nen chelerai rien 267
  Li fisisciens. (307)
Enhenc dieus ie sauoie bien
Comment li besoigne en aloit
Li orine point nenmentoit 270
  douce dame./
TJen ho*n*nis soit le rouse teste/
  Rai*n*neles.
AnWa chenest mie chi feste/
  Li fisisciens.
NE ten cant rainelet biaus fiex 273
51c] Dame par amours qui est chiex
De cui uous chel enfant aues
  douce dame.
Sire puis que tant en saues 276
Le seur plus nen chelerai ia
Chiex uiex leres le uaegna
SJ puisse iou estre deliure 279
  Rikiers.
Que dist cele feme est ele yure
Me met ele sus son enfant/
|64] douce dame. Rikiers./
Oil/ Nen saine tant ne quant/ 282
Quant fust auenus chis afaires
  douce dame.
Par foy ilnaencore Waires
CHe fu .j. peu deuant *q*uaresme 285
  Guillos.
Chest trop bon a dire uo feme
Rikier li uoles plus mander
  Rikiers. (308)[65]
Ha gentiex hom laissies ester 288
  P

235 *je n'en vœil plus uir.* Mi. Cou. — Mi. übersetzt das letzte Wort mit *entendre.* Es ist aber = *vir,* cf. *sir* (1 Silbe) J. P. 18, J. A. 363 im Reim zu oir (364). — 241 *Willaumes* Mi. Cou. — 246 *dame* oder *dAme,* ebenso v. 254, 265; *a* oder *A* auch in dem Worte *Rainneles* v. 266, 272 und sonst. — 259 *votre* Cou. — *vostre* Mi. — 266 *c'on vous f ....* Mi. Cou. — Das letzte (wohl indecente) Wort ist wegradiert, wie in v. 44. — 268 *En henc* Cou. (Text). — *Enhenc* Mi. Cou. (Errata). — 272 Der Name der redenden Person steht zum grössten Teile auf der entsprechenden Zeile (vor v. 246) der linken Columne dieser Seite (51a).

Pour dieu nesmouues mie noise
Ele est de si male despoise
Quele croit che que point naufent 291
                    Guillos.
A di foy bien ait cui on crient
IE tieng a sens et auaillanche
Que les femes de le Waranche 294
Se font cremir et resoignier
                    hane
Li feme aussi mahieu lanstier
Qui fu feme ernoul de le porte 297
Fait que on le crient et deporte
51d] Des ongles saie et des dois
Vers le baillieu de uermendois 300
Mais ie tieng sen baron asage
Qui se taist
                    Rikece
                    Et en che uisnage
A chi aussi .ij. baisseletes 303
Lune en est margos as pumetes
Li autre aelis au dragon
Et lune tenche sen baron 306
Li autre .iiij. tans parole
                    Guillos.
A urais diex aporte vne estoile
Chis a nomme deus anemis 309
                    hane.
Maistre ne soies abaubis
Sil me couuient nommer le uœ
                    Adans.
Ne men caut mais quele ne lœ 312
Sen sai ie bien daussi tenchans
Li feme henri des argans (309)
QVi grate et resprœ euns cas 315
Et li feme maistre thounas
De darnestal qui maint lahors

                    hane
Cestes ont .C. diales ou cors 318
Se ie fui onques fiex men pere
                    Adans.
Aussi a dame eue uo mere
                    hane.
Uo feme adanne len doit naires 321
                    Li moines.
Segneur nie sires sains acaires
Vous est chi uenus uisiter [66]
52a] Si laprochies tout pour ourer
Et si meche chascuns soffrande 325
Qnil na saint desi en irlande
Qui si beles miracles fache 327
Car lanemi de lome encache
PAr le saint miracle deuin
Et si nuarist de lesuertin 330
Communement et sos et sotes
Souuent noi des plus ediotes
A Haspre no moustier uenir '333
Qui sont haitie au departir
Car li sains est de grant merite
Et dune abenguele petite 336
Vous pœs bien faire du saint
                    Maistre henris.
PAr foy dont lo iou con i maint
Walet ains quil uoist empirant 339
                    Rikiers.   (310)
Or cha sus Walet passe auant
IE cuit plus sot de ti nia
                    Wales.
Sains acaires que diex ¦que diex¦ kia
Donne ine asses de poi piles 343
Car ie sui uoi un sos claines
Si sui moult lie que ie nous uoi 345
Et si laporc si cou ie croi

                    P

293 *tiens* (Text) — *tienq* (Errata) Cou. 295 *rensoignier*. Cou. — 297 *fut
feme* Cou. — 311 *conuient* Mi. Cou. -- 312 *Adans* oder *AdAns*. Das zweite
a ist ähnlich oder gleich dem ersten, aber kleiner. Dasselbe, dem grossen *A*
ähnliche, a findet sich oft: in demselben Worte v. 320, *dame* v. 276, 282, 284,
hane v. 321. Cf. v. 246. -- 317 *lahors* (in der Uebersetzung *travaux*) Mi. —
labors (Text) — *là hors* (Errata) Cou. — 316 *diables* Mi. — 322 *Segneur* Mi.
Cou. — Ueber die Abkürzung cf. *R. et M.* 658; das Wort (ausgeschrieben) ist
im Reim *J. A.* 164 zu *ardeur* (161). -- 325 *mesche* Mi. Cou. — 330 *warist*
Mi. Cou. -- 344 *an sot* Mi. -- 345 *moult* Mi. Cou. — cf. Anm. zu v. 25, wo
Mi. Cou. *molt* lesen. 346 *t'aport*, Mi. — *t'aporc*, Cou.

BJau nie .j. bonfroumage cras
Tou maintenan le mengeras 348
Autre feste ne te sai faire
Maistre henris.
Walet foy que dois saint acaire
Que uauroies tu auoir mis 351
Et tu fusses mais a toudis
Si bons menestreus con tes pere
52b]   Wales.   [67]
Biau nie aussi bon uielere 354
Vauroie ore estre comme il fu
Et on meust ore pendu
OV on meust caupe le teste 357
Li moines.
Par foi uoirement est chis beste
Droit a sil uient a .Saint. acaire
Walet baise le saintuaire 360
Errant pour le presse qui sourt
Wales.
Baise aussi biaus nies Walaincourt
Li moines.
Ho Walet biaus nies ua te sir 363
dame douce.   (311)
Pour dieusire uœilliesme oir
Chi enuoient deus estrelins
Colars de baillœl et heuuins 366
CAr il ont ousaint grant fiancle
Li moines.
Bien les connois tres kes enfanche
Caloient tendre as pauillons 369
Metes chi deuens ches billons
Et puis les amenes demain
Wales.
Veschi pour Wautier a le main 372
FAites aussi prier pour lui
Aussi est il malades hui

Du mal qui li tient ou cheruel 375
bane.
Or en faisons tout le vieel
Pour chou con dist quil se coureche/
Li kemuns.
Moie /   378
Li Moines. /
52c] Nest il mais nus qui meche
AVes uous le(s) saint ouulie
henris de la hale.
Et ues chi .j. mencaut de ble
Pour iehan le keu no seriant 381
A saint acaire le commant
Piecha que il li auoue
Li Moines.
FRere tu las bien commande 384
Et ou est il qui ne uient chi
Henris   (312)
Sire li maus la rengrami
Si la on .j. petit coukiet 387
Demain reuenra chi apict
Se diex plaist et il ara miex
Li peres.   [68]
Or cha leues uous sus biaus fiex 390
Siuenes le saint aourer
Li derues.
QVe cest me uoles uous tuer
Fiex aputain leres erites 393
Crees uous la ches ypocrites
Laissieme aler car ie sui rois
Li peres.
A Biaus dous fiex sees uous cois 396
Ou uous ares des enuiaus
Li derues.
Non ferai ie sui vns crapaus 399
Et si ne mengue fors raines
Escoutes ie fais les araines

P

353 con oder com. — con Mi. Cou. — Ausgeschrieben ist das Wort con
oben v. 346. — Cf. R. et M. 610, wo Mi. Cou. com lesen. — 356 on meust ist
in der Hs. zusammengeschrieben, aber durch eine senkrechte Linie getrennt. —
358 foy! Cou. — 364 voeilles me Cou. — voeilliés me Mi. — 372 Wes-chi Mi. —
Ves-chi (Text) — Wes-chi (Errata) Cou. — Alemain, Mi. Cou. — 377 c'on dit Mi.
Cou. — 385 est-il, qu'i Mi. Cou.(Text). — qui Cou. (Errata). — 392 volés-vos Cou. —
volés-vous Mi. — 394 Tréés-vous, lâches Cou. — Créés-vous, lâches Mi. — 396 doux
Mi. Cou. — 400 Dieser Vers steht weit unterhalb des Textes von 52c; ein Aus-
lassungszeichen unten und oben im Text zeigt an, wo er eingeschoben werden soll.

ESt che bien fait ferai ie plus
    Li peres.
Ha biaus dous fiex sees uous ius 402
Si uous meles a genoillons
Se che non robers soumillons
52d] QVi est nouuiaus prinches
        du pui/ 405
Vous ferra
    Li derues./
    Bien kie de lui/
IE sui mfex prinches quil ne soit
A senpui canchon faire doit 408
Par droit maistre Wautiers as paus
Et vns autres leur paringaus (313)
QVi a non choumas de clari 411
Lautrier vanter les en oi
Maistre Wautiers ia sentremet
Dechanter parmi le cornet 414
Et dist quil sera courounes
    Maistre henris
Dont sera chou au iu des des
Qvil ne quierent autre deduit 417
    Li derues. [69]
Escoutes que no uache muit
Maintenant le uois faire prains
    Li peres.
A Sos puans ostes uos mains 420
De mes dras que je ne uous frape
    Li derues.
Qui est chieus clers a cele cape
    Li peres.
BJaus fiex cest uns parisiens 423
    Li derues.
Che sanle miex .j. pois baiens/
Bau.
    Li peres./
Que cest taisies pour les dames,
    Li derues.
Si li sousuenoit des bigames 426

IL en seroit mains orgueilleus
    Rikiers.
Enhene maistre adan or sont .ij.
53a]Bien sai que ceste chi est uoe 429
    Adans. (314)
Que set il quil blame ne loe
Point naconte a cose quil die
Ne bigames ne sut ie mie 432
Et sen sont il de plus uaillans
    MAistre henris.
Certes li meftris fu trop grans
Et chascuns le pape encosa 435
Quant tant de bons clers desposa
Ne pourquant nira mie ensi
Car aucun se sont aati 438
Des plus uaillans et des plus rikes
Qui ont trouuees raisons friques
Qvil prouueront tout en apert 441
Que nus clers par droit ne desert
Pour mariage estre asseruis
Ou mariages uaut trop pis 444
Que demourer en soignantage [70]
Comment ont prelas lauantage
DAuoir femes aremnier 447
Sans leur preuilege cangier
Et vns clers si pert se franquise
Par espouser en sainte eglise 450
FAme qui ait autre baron
Et li fil aputain laron
Ou nous deuons prendre peuture 453
Mainent en pechie de luxure
Et si gœnt de leur clergie
Romme abien le tierche partie 456
Des clers fais sers et amatis
    Guillos.
Plumus sen est bien aatis
SE se clergie ne li faut 459
53b] Quil rauera che con li taut

P

409 *as Paus*, Mi. Cou. — Mau könnte *pans* lesen, da oben und unten der Verbindungsstrich des *n*, resp. *u* gezogen ist. Aber vgl. den Reim. Ueber *u* = *n*, cf. *R. et M.* 572. — 410 *leurs* Cou. — 411 *Thoumas de Clari*: Mi. Cou. — 424 *uns pois* Mi. Cou. — 138 *ne sont* Cou. — 448 *privilege* Mi. Cou. — Sie lesen *precilege* v. 467. Ausgeschrieben ist das Wort *preuilege* v. 475. Das Abkürzungszeichen für *re* ist das gewöhnliche, eine Schleife über *p*. — 457 *clairs* (Text) — *clers* (Errata) Cou.

Pour a metre .j. peson destoupes (315)
Li papes qui en chou eut coupes 462
Est euereus quant il est mors
Ja ne fust si poissans ne fors
COre ne leust despose   465
Mal li eust onques ose
Tolir preuilege de clerc
Car il li eust dit esprec   468
Et si eust fait lescarbote
        HAne.
MOut est sages sil ne radote
Mais mados et gilles de sains 471
Ne sen atissent mie mains
Maistres gilles ert anocas
Si metera auant les cas   474
Pour leur preuilege rauoir
Et dist quil liurera sauoir
SE iehans crespins liure argent 477
Et iehans leur aencouuent
Quil liurera de laubenaille
Car mout ert dolans sou le taille 480
Chis fera du frait par tout fin
        Maistre henris.
Mais pres de mi sont doi uoisin
En cite qui sont bonnotaire   483
Car il satissent bien de faire
POur nient tous les escris du plait
Car le fait tienent a trop lait   486
Pour chou quil sont andoi bigame/
  Guillos. [71]   Maistre henris. /
Qui sont il / Colars fou se dame /
ET sest gilles de bouuignies   489
53c] Chist noteront par aaties (316)
Ensanle plaideront pour tous

        Guillos.
Enhene maistre henri et uous 492
Plus dune feme aues cue
Et sauoir uoles leur aiene
Metre nous icouuient du ue   495
        Maistre henris.
Gillot me faites uous le mœ
Par dieu ie nai goute dargent
Si nai mie auiure grannient   498
Et si nai mestier de plaidier
Point ne me couuient resoignier
LEs tailles pour chose que iaie 501
Jl prengnent marien le iaie
Aussi set ele plais asses
        Guillos.
Voire uoir asses amasses   504
        Maistre henris.
NOn fai tout emporte li uins
Jai serui lonc tans eskieuins
Si ne ueil point estre contre aus 507
Je perderoie anchois .C. saus
Que gississe de leur acort
        Guillos.
Toudis uous tenes au plus fort 510
Che Wardes uous maistre henri
Par foi encore est che bien chi
UNs des trais de le uielle danse 513
        Li deruez.
A hai chis a dit conme manse
Le geule ie le uois tuer
        Li peres au derue.   (317)
A biaus dous fiex laissies ester 516
53d] CEst des bigames quil parole
        Li derues.
Et ues me chi pour lapostoile

                P

463 euereux Mi. Cou. — 464 ne fus Cou. — 470 HAne oder Hane, cf.
v. 312. — 475 privilege Cou. — previlege Mi. — 476 s'avoir Mi. Cou. (Text). —
savoir (Errata) Con. — 490 chis Cou. — 491 plaidront Cou. — 493 femme
Con. — 498 grammment (Text) — granment (Errata) Cou. — 502 Ils Cou. —
513 de la Cou. — 514 comme Manse Mi. Cou. (Text). — c'om me manse Con.
(Errata). — Es ist zu lesen: c'on me manse. Das hier angewandte Abkürzungs-
zeichen (etwa wie die Ziffer 9, nach rechts geschweift) kann für com und con
stehen, steht aber hier für con = c'on. Vgl. J. P. 123 conme fiere, wo Mi.
und Cou. c'on me lesen. — 515 Le Geule: Mi. Cou. (Text) — geule: Cou. (Errata).
— voistuer. Cou. — voix tuer. Mi. — 516 au oder Au, cf. v. 312. — fiez, Cou.
— 517 ses bigames (Text) — des bigames (Errata) Cou.

Faites le dont anant uenir
Li moſnes.
Aimſ diens quil fait bon oir
Che sot la car il dist merueilles
Preudons dist il tant de brubeilles
Qvant il est ensus de le gent / 523
Li peres.
Sire ilnest onques autrement /
Toudis rede il ou cante ou brait
Et sine set onques quil fait 526
Encore set il mains quil dist
Li Moſnes.
Combien a que li maus li prist 528
Li peres.
l'Ar foi sire il abien .ij. ans /
Li Moſnes. / Li peres /
Et dont estes nous / De duisans /
SJ lai Warde agrant meschief 531
Esgardes quil hoche le chief
Ses cors nest onques arepos
Jl ma bien brisiet .ij.†c† pos 534
Car ie sui potiers ano uſle.
Li dernes.
Jai danseis et de marsile
Bien oi canter hesselin
Di ie uoir tesmoins ce tatin
Ai ie emploie bien .xxx. saus
Jl me bat tant chis grans ribaus 540
Que deuenus sui vns choles
Li peres.
54a] Jl ne set quil li narles
Bien ipert quant il bat senpere
Li moſnes.
Blaus preudons par lame te mere
Fai bien mainelent en maison
Mais fai chi auant torison

519 Et offre du tien se tu las
Car il est de ueillier trop las
ET demain le ramenras chi 549
Quant vn peu il ara dormi
Aussi ne fait il lors rabaches
Li derues.
Dist chiex moines que tu me baches
Li peres.
[72] NEnil biaus fiex anons nous ent 553
Tenes ie nai or plus dargent
Biaus fiex alons dormir .j. pau 555
Si prendons congie a tous /
Li derues.
Bau /
Riquece aurrſ. /
Qvest che seront hui mais riotes 557
Narons hui mais fors sos et sotes [73]
Sire moſnes uoles bienfaire (319)
Metes ensauf uo saintuaire
Je sai bien se pour uous ne fust 561
Que piecha chi endroit eust
Grant merueille de faerie
Dame morgue et se compaignie 564
Fust ore assise a ceste taule
Car cest droite coustume estaule
Queles uſenent en ceste nuit 567
Li Moſnes
Biaus dous sires ne uous anuit
Puis quensi est ie men irai 569
54b] Offrande hui mais ni prenderai
Mais souffres uſaus que chaiens soie
Et que ches grans merueilles uoie
NEs querrai si uerrai pour coi 573
Rikece.
Or uous laisies dont trestout coi
Je ne cuit pas quele demeure

519 donc Mi. Cou. — 524 Li peres. steht nicht auf einer besonderen Zeile über der Antwort, sondern neben v. 524, zum grössten Teile auf der entsprechenden Zeile (nach v. 497) von 53c. — Die Ueberschrift ist hier mit schwarzer Tinte geschrieben, wie es scheint, von einer andern Hand. — 526 u. 538 oncquees (Text) — onques (Errata) Cou. — 534 .ij.c. pos, Mi. Con. — In der Hs. steht c über .ij. — 542 sait qu'il [fait] li varlés, Mi. Cou. — 552 u ähnlich n in derues, cf. R. et M. 572. — 553 biaux Cou. — 555 Biaux Mi. Cou. — 564 et sa (Text) — et se (Errata) Cou. — 573 N'es querrai (Text) — Mesquerrai (Errata) Cou. — Ne's querrai Mi. — Das N hat keine Aehnlichkeit mit M und sieht genau wie das N am Anfang von 553 aus.

Car il est aussi que seur leure
Eles sont ore ens ou chemin
    Guillos.
Joi le maisnie hielekin
Mien ensiant qui uient deuant [74]
Et mainte clokete sonnant
SJ croi bien que soient chi pres
    Li grosse femme.
Venront dont les fees apres
    Guillos
SJ mait diex ic croi coil
    Rainneles a adan.
Aimi sire il ia peril
Je uauroie ore estre en maison
    Adans.
Taiste il ni a fors que raison
Che sont beles dames parees
    Rainneles.
EN non dieu sire ains sont les fees/
JE men uois
    Adans./
    Sie toi ribaudiaus /
    Croquesos.
Me siet il bien li hurepiaus
Quest che ni ail chi autrui
Mien ensient decheus sui
En che que iai trop demoure
Ou eles non point chi este
54c] Dites me uielles reparee
A chi este morgue li fee
Ne ele(s) ne se compaignie
    dame douce.
Ne nil uoir ie ne les ui mie
DOiuent eles par chi uenir
    Crokesos.
Oil et mengier aloisir
Ensi con ma fait aentendre

576 Chi les me conuenra atendre
    Rikece.
A cui ies tu di barbustin/   603
    Crokesos. Rikece.[77]   Crokesos./(321)
[74] Qui iou/   Voire/   Au roy bellekin/
580 Qui chi ma tramis en mesage
    A me dame morgue le sage   606
[75] Qve me sire aime par amour
582 Si latenderai chi entour
    Car eles me misent chi lieu   609
    Rikece.
[76] Sees uous dont sire courlieu
    Crokesos.
585 Uolentiers tant queles uenront /
(320) O ues les chi   612
    Rikiers./
    Voirement sont /
    Pour dieu or ne parlons nul mot
    Morgue.
589 A bien uiegnes tu croquesot
    Que fait tes sires hellequins   615
    Crokesos.
    Dame que uostres amis fins
    SJ uous salue ier de lui mui
591 54d]   Morgue.
    Diex beneie uous et lui   618
    Crokesos.
594 DAme besoigne ma carquie
    Quil ueut que de par lui uous die
    Si lorres quant il uous plaira 621
    Morgue.
    Croquesot siete .i. petit la
    Je tapelerai maintenant   623
    Or cha maglore ales auant (322)
    ET uous arsile dapres li
600 Et ie meismes serai chi
    Encoste uous en che debout   627

P

---

582 *La Grosse Feme.* Mi. Cou. — 583 *Guillot.* Cou. — 584 *Rainelét* Cou.—
Rainnelés Mi. — 586 und 589 Das zweite *a* von *Adans* ist gleich dem ersten
grossen *A*, nur kleiner. Dasselbe *a* = *A* v. 584 *a adan*, 557 *aurris*, 598 *dame*.
Cf. v. 312. — 591 *n'i a-t-il* Cou. — *n'i a-il* Mi. — 594 *n'on* (sic) *point* Mi. —
n'on point Cou. — 597 *elc* Mi. Cou. — 598 *vi mi:* (Text) Cou. — *vi mie:* Mi.
= (Errata) Cou. — 600 *Croquesos.* Cou.

Maglore.
Vois. ie sui assie debout
Ou on na point mis de coutel
Morgue.
IE sai bien que ien ai .j. bel / 630
Arsile.   Maglore
Et iou aussi/   Et quesche a dire/
Que nul nen ia. sui ie li pire
Si mait diex peu me prisa   633
Qui estauli ni adisa
Que toute seule acoutel taille
Morgue.   [78]
Dame maglore ne uous caille   636
CAr nous de cha en auons deus
Maglore
Tant est a mi plus grans li deus
Quant uous les aues et ie nient 639
Arsile.
Ne uous caut dame ensi auient
IE cuit con ne sen donna garde
55a]   Morgue.
Bele douche compaigne esgarde 642
Que chi fait bel et cler et net
Arsile.   (323)
Sest drois que chiex qui sentremet
De nous appareillier tel lieu   645
Ait biau don de nous
Morgue.
Soit par dieu
MAis nous ne sauons qui chiex est
Crokesos.
Dame anchois que tout che fust prest
Ving ie chi si que on metoit 649
Le taule et con appareilloit
Et doi clerc sen entremetoient 651
Soi que ches gens apeloient
LVn de ches deus riquece aurri
Lautre adan filz maistre henri 654
Sestoit en une cape chiex
Arsile.
Sest bien drois qui leur ensoit miex

Et que chascune .i. don i meche 657
Dame que donres uous riqueche /
Commenchies
Morgue. /
Je li doins don gent /
Je uoel quil ait plente dargent 660
ET de lautre uoeil quil soit teus
Que che soit li plus amoureus
Qui soit trouues en nulpais   663
Arsile.
Aussi uoeil ie quil soit iolis
Et bons faiseres de canchons
Morgue.
ENcore faut a lautre .j. dons 666
55b] Commenchies
Arsile. /   (324)
Dame ie deuise /
Que toute se marcheandise
Li uiegne bien et monteplit   669
Morgue.   [79]
Dame or ne faites tel despit
Quil naient de uous aucun bien
Maglore
De mi certes naront ii nient   672
Bien doiuent falir a don bel
Puis que iai fali a coutel
Honnis soit qui riens leur donra 675
Morgue.
A dame che nauenra ia
Qnil naient de uous coi que soit
Maglore.
BEle dame sil uous plaisoit   678
Orendroit men deporteries
Morgue.
Jl conuient que uous le fachies
Dame se de rien nous ames   681
Maglore.
IE di que riquiers soit peles
Et quil nait nul canel denant
Delautre qui se ua uantant   684
Daler a lescole a paris

P

631 qu'est-che Cou. — qu'es-che Mi. — 634 estauli Mi. — esta di Cou. —
647 Das M steht mehr auf der folgenden Zeile, nur die Spitze reicht bis zu
dieser Zeile herauf. — 648 Croquesos. Cou. — 649 si chi que (Test) — chi si
que (Errata) Cou. — 657 chascun Cou. — 665 Et bon Cou.

Auьg. ». ALL. (Rambeau.)   6*

Vœil qui soit si atruandis
En le *compaignie* darras 687
Et quil souulit entre les bras
Se feme qui est niole *et* tenre
Et quil perge *et* hoche laprenre 690
Et meche se noie en respit
Ursile. (325)
Aimi dame quaues uous dit
55c] Pour dieu rapeles ceste cose 693
Maglore.
Par lame ou li cors me repose
Jl sera ensi que ie di
Morgue.
Certes dame che poise mi 696
Mout me repenc mais ie ne puis
Conques hui de riens uous requis
Je cuidoie par ches deus mains 699
Quil deussent auoir au mains
Chascuns de uous .i. bel iouel
Maglore.
Ains comperront chier le coutel 702
Quil ouulierent chi a metre/
Morgue.   Crokesos.   Morgue./
Croque sot/ Dame/ Se tas lettre/
NE rien de ton seigneur adire/ [80]
Si uien auant/ 706
Crokesos./
Diex le uous mire/
Aussi auoie ie grant haste/
Tenes 708
Morgue./
Par foi cest paine Waste/
Jl me requiert chaiens dam*ours*
Mais iai mon cuer tourne aillours
DJ lui que mal se paine emploie 711
Crokesos. (326)
Aimi dame ie noseroie
Jl me geteroit en le mer
Ne pourquant ne pœs amer 714
DAme nul plus uaillant de lui
Morgue.
55d] Si puis bien faire/

Crokesos.
Dame cui/
Morgue./
Vn demoisel de ceste uile/ 717
Qui est plus preus *que* tex .c. mile/
Ou pour noient nous traueillons/
Crokesos.
Qui est il/ 720
Morgue.
Robers soumeillons
Qvi set darmes *et* du cheual
Pour mi iouste amont *et* aual
Par le pais ataule ronde 723
Jl na si preu en tout le monde
NE qui sen sache miex aidier
Bien i parut a mondidier 726
Sil iousta le miex ou le pis
Encore sen dieut il ou pis
Ens espaules *et* ens es bras 729
Crokesos.
Est che nient uns a uns uers dras
Roiies dune uermeille roie
Morgue. [81]
Ne plus ne mains 732
Crokesos. (327)
Bien le sauoie
Me sire en est en ialousie
Tres quil iousta alautre fie
EN ceste uile ou marchie droit 735
De uous *et* de lui se uantoit
Et tantost quil sen prist acourre
Me sires se mucha enpourre 738
Et fist sen cheual le gambet
Si que cair fist le uarlet
SAns assener sen compaignon 741
Morgue.
Par foi asses le dehaignon
Non pruec me sanle il trop uaillans
Peu par*liers et* cois et chelans 744
Ne nus ne porte meilleur bouque
Li personne de lui me touque
TAnt que ie lamerai que uauche747

P

686 *qu'i* Mi. — *qui* Cou. — 702 *Maglore.* (verdruckt) Cou. — 709 *d'amours;*
Mi. Cou. — Ueber die Abkürzung cf. *R. et M.* 13. — 745 *meilleure* Cou. —
747 *que-vau-che?* Mi. Cou. (Text). -- *quevauche!* Cou. (Errata).

Arsile.

Le cuer naues mie en le cauche
Dame qui penses atel home
Entre le lis noir et le somme 750
Na plus faus ne plus buholas
Et se ueut monter seur le tas
TAntost quil repaire en .j. lieu, 753
Morgne.   Arsile.   Morgue.
Sest teus, Cest mon' De le main dieu'
Soie iou sainnfe et benite
Mout me tieng ore pour despite 756
Quant pensoie a tel cacoigneur (328)
Et ie laissoie le gringueur
PRinche qui soit en facrie 759
Arsile.
Or estes uous bien conseillie
Dame quant uous dous repentes /
Morgne.   Crokesot.   Morgne. [82]
Croquesot! Ma dame/ Amistes. 762
Porte ten segnieur de par mi
Crokesos.
MA dame ie uous en merchi
De par men grant segnieur le roy
Dame quest che la que ie noi 766
56b] En chele rœe sont che gents
Morgne.
Nenil ains est esamples gens 768
Et chele qui le rœ tient
Chascune de nous apartient
Et sest tres dont quele fu nee 771
Muiele sourde et anulee /
Crokesos.   Morgue.
Comment a ele a non/   Fortune,
Ele est a toute riens commune 774
Et tout le mont tient en se main
Lunfait poure hui riche demain

Ne point ne set cui ele auanche (329)
Pour chou ni doit auoir fiauche 778
Nos tant soit haut montes en roche
Car se chele rœ bescoche 780
Jl le couuient descendre ins
Crokesos.
Dame qui sont chil doi lassus
Dont chascuns sanle si grans sire 783
Morgne.
Jl ne fait mie bon tout dire
Or endroit men deporterai
Magloie.
Croquesot ie le le dirai 786
Pour chou que conrechie sui
Hui mais nespargnerai nului
Je ni dirai hui mais fors honte 789
Chil doi lassus sont rien du conte
Et sont de le uile signeur
Mis les a fortune en honnour 792
CHascuns daus est en sen lieu rois/
Crokesos.   56c] Maglore.
Qui sont il, Cest sire ermenfrois/
Crespins et iaquemes louchars 795
Crokesos.
Bien les connois il sont escars
Maglore.
Av mains regnent il maintenant
Et leur enfant sont uenant bien [83]
Qui raigner uauront apres euls/ 799
Crokesos.   Magiore.   (330)
Li quel' Ves eni chi au mains deus/
Chascuns sieut sen pere druis poins
NE sai qui chiex est qui sembrusque
Crokesos.
Et chiex autres qui la trebusque
A il ia fait pille rauane 804

P

762 Crokesos. (Name der redenden Person) Cou. -- 767 roie? Mi. Cou.
(Text). — roe? Cou. (Errata). — Cf. v. 769, 780. — gens? Mi. Cou. — In der
Hs. ist ein deutliches t, in s hineingeschrieben, mit einem Haken oben. --
772 avulée. Mi. Cou. — In der Hs. ist der zweite Buchstabe ein deutliches n,
durchaus verschieden vom folgenden u. Sonst könnte man wohl auulee lesen,
da u und n verwechselt werden, cf. J. A. 552, R. et M. 572. — 792 Fortune
Mi. Cou. — In der Hs. urspr. m, der dritte Strich ist durch einen Punkt darunter
beseitigt. — 795 Jacquemes Cou. -- Jaquemes Mi. — 798 sont bien cenant Mi.
Cou. — Die richtige Stellung der zwei letzten Wörter ist in der Hs. durch
Striche angedeutet. -- 800 Croquesos. Cou.

Maglore.
Non cest thoumas debouriane
Qui soloit bien estre du *conte*
Mais fortune ore le desmonte 807
ET tourne chu dessous deseure
Pour tant on li a courut seure
Et fait damage sans raison 810
Meesmernent de se maison
Li uoloit on faire **grant** tort
Arsile.
PEchie fist qui ensi lamort 813
Jl nen eust mie mestier
Car il lalaissie son mestier
De draper pour brasser goudale 816
Morgue.
CHe fait fortune qui lauale
Jl ne lauoit point deserui
56d] Crokesos.
DAme qui est chis autres chi 819
Qui si par est nus *et* descaus
Morgue
Chis. cest leurins li canelaus
Qui ne puet iamais releuer 822
A[r]sile. (331)
Dame si puet bien *p*arleuer
AVcune bele cose amont
Crokesos.
Dame uolentes me semont 825
Ca. men segneur tost men reuoise
Morgue.
Croquesot di lui quil sennoise
ET quil fache ades bele chiere 828
Car ie li iere amie chiere
Tous les iours mais que ie uiurai
Crokesos.
Ma dame sour che men irai 831
Morgue
Uoire di li hardiement

Et se li porte che present [84]
De par mi tien boi anchois uiaus 834
Crokesos.
Me siet il bien li hielepiaus
dame douce.
BEles dames sil uous plaisoit
Jl me sanle que tans seroit 837
Daler ent ains quil aiournast
NE faisons chi plus de seiour
Car nafiert que uoisons *par* iour 840
En lieu la ou nus hom trespast
ALons uers le p(e)re esraument
Je sai bien con *nous* i atent 843
57a] Maglore. (332)
Or tost alons ent par illeuc
Les uielles femes de le uile
Nous iatendent 846
Morgue.
Est chou gille
Maglore.
UEs dame douche nous uie*n*t pruec
dame douce.
Et quest ce ore chi beles dames
Cest *g*ra*n*s anuis *et* *g*ra*n*s diffames
Que uous aues tant demoure 850
IAi annuit faite lauangarde
*E*t me fille aussi u*o*us pour Warde
Toute nuit ale crois ou pre. 853
LA *n*ous auons nous atendues
Et *pour* Wardees *par* les rues 855
Trop nous iaues fait ueillier/
Morgue./   dame douce./
Pour coi la douche/ On mi a fait/
Et dit *pa*r deuant le gent lait 858
Vns hom *que* ie uœil manfer
Mais se ie puis il ert en biere
Ou tournes che deuant derriere 861
Deaes les pies ou uers les dois
P

820 *Que si* Mi. Cou. - 821 *Leurins li Canclaus*, Mi. Cou. (Text). —
Cauelaus Cou. (Errata) — 824 Das *A* des ersten Wortes steht mehr auf der
folgenden Zeile. reicht aber bis über diese Zeile hinaus. -- 836 *dame* oder
dAme, cf. v. 312. -- 838 In der Hs. kein Personenwechsel für v. 839-843.—
Mi. Cou. setzen *Arsile* vor v. 839 in den Text. — *chi de sejour*, Mi. —
chi plus de sejour, Cou. — 842 *le pré* Mi. Cou. (Text). — *le Pre* Cou. (Errata).
-- 853 *à le Crois ou Pré.* Cou. (Errata). -- *à le crois, ou pré.* Cou. (Text)
= Mi.

dame douce.
IE larai bien tost apoint mis
En sen lit ensi que ie fis
Lautre an iakemon pilepois
ET lautre nuit gillon lauier
   Maglore.
Alons nous uous irons aidier
57b] Prendes auœc agnes uo fille
ET une quimaint en cliite
Qui ia nen auera pite/
  Morgue./ dame douce./
Fanie Wautier mulet/ Cest chille/
ALes deuant et ie men uois /
   Les fees cantent./
† PAr chi ua la mignotise
† par/ chi ou ie uois
   Li Moines./
Aimi dieus que iai soumeillie
  hane li merciers.
Marie et iai ades ueillie
Faites ales uous ent errant
   Li Moines.
Frere ains arai mengie auant
Par le foi que doi saint acaire
   hane.
Moines uoles nous dont bien faire
Alons araoul le Waidier 880
Jl a aucun rehaignet dier
BJen puet estre quil nous donra 882
   Li Moines. (334)
Trop uolentiers qui mi menra
   Hane.
Nus ne uous menra miex de moi
Si trouuerons laiens ie croi
Compaignie qui la sembat
Faitiche ou nus ne se combat

57c] Adan le fil maistre henri 888
Veelet et riqu(i)eche aurri [86]
864 Et gillot le petit ie croi
   Le Moines.
Par le saint dieu et ie lotroi 891
(333) Aussi est chi me cose bien
867 Et si ues chi .j. crespet tien
Que ne sai quels caitis offri 894
[85] Je nen conterai point ati
870 Ains sera de commenchement
   hane.
Alons ent dont ains que li gent 897
Aient le tauerne pourprise
Esgardes li taule est ia mise
873 Et ues la rikeche dencoste 900
Rikeche ueistes uous loste
   Rikiers.
874 Oue il est chaiens rauelet/
  Li ostes. hane. /
Vees mechi/ Qui sentremet/ 903
876 Dou uln sakier il ni a plus
   Li ostes. (335)
Sire bien soies uous uenus
Vous uœil ic fester par .Saint. gille
Sachies con uent en ceste uile 907
TAstes iel uenc par eschieuins/
  Li Moines.; Li ostes.
Volentiers cha dont/ Est che uins/
882 Tel ne boit on mie en couuent 910
(334) Et si uous ai bien encouuent
QVauen ne uint mie daucheure 912
   Rikiers.
57d] Or me prestes donques .j. uoirre
885 Par amours et si seons bas
Et che sera chi li rebas 915
SEur coi nous meterons le pot /
   P

---

863 Mi. Cou. verbessern vor diesem Verse: *Morgue.* — 866 *Lanier.* Cou. —
Lavier. Mi. — 869 *en Chité,* Cou. (Errata). — *cn chité,* Cou. (Text) = Mi. —
870 *pitié.* Cou. (Text). — *pité.* Cou. (Errata) = Mi. — 873 (*Les fées cantent:*)
Mi. — Diese Worte fehlen bei Cou. — Unten rechts auf 57c steht die Ziffer VI
in der Hs. — 889 *Riqueche Aurri* Mi. Cou. — 891 *Li Moines.* Mi. Cou. —
893 *im crespet* Mi. Cou. — 897 *donc* Mi. Cou. — In der Hs. ein deutliches *t,*
wenn auch ähnlich einem *c.* — 902 *Ravelet!* Mi. Cou. (Text). — *Rauelet!* Cou.
(Errata). — 912 *Qu'aven* Mi. Cou. (Text). — *Qu'auan* Cou. (Errata). — *mi*
Cou. (Text). — *mie* Cou. (Errata). — Unten auf 57d steht : die Worte .Or
metes. — der Anfang von v. 937 auf 5sa.

Guiilos./ 　　　Rikiers./

Cest uoirs.　Qui nous mande gillos/
On ne se puet mais aaisier

Guillos

Che ne fustes uous point rikier
DE uous ne me doi luer uuaires
Que cest me sires sains acaires　921
A il fait miracles chaiens

Li ostes.

Gillot estes nous hors du sens
Taisies que mal soies uenus　924

Guillos.

HO biaus hostes ie ne di plus
Hane demandes rauclet
Sil achaiens nul rehaignet　927
Quil ait dessoir repus en inue

Li ostes.

Oil .j. herenc de gernemue
Sans plus gillot ie uous oc bien　930

Guillos.

Je sai bien que ueschi le mien
HAne or li demandes le uoe

Li ostes.

Le ban fai que tostes lepœ　933
Et quil soit atous de commun
Jl naffiert point con soit enfrun/
Seur le uiande　936

Guillos. /
Be cest ieus

Li ostes.

58a] Or metes dont le herenc ius

Guillos li petis.

Ves le chi ie nen gousterai
Mais .j. petit assaierai
Che uin ains con le par essiaue
Jl fu uoir escaudes en yaue
SJ set .j. peu le rebouture　942

Li ostes.

Ne dites point no uin laidure
Gillot si feres courtoisie　918
Nous sommes dune compaignie 9(
Si ne le blames point

Guillos li petis.　(337)[8:
Non fai ie

Hane li merciers.

[87] Uois que maistre adans fait le saį
Pour che quil doit estre escoliers 9:
Je ui quil se sist uolentiers
Auecques nous pour desiuner

Adans.

Biaus sire ains couuient meurer 9£
Par dieu ie nele fac pour el

Maistre henris.

Vai pour dieu tu ne uaus mel
TV iaus bien quant ie ni sui 9£

Adans.

Par dieu sire ie nirai hui
Se uous ne ucnes auœc mi

Maistre henris.

Va dont passe auant ues me chi 9£

hane li merciers.

Aimi diex confait escolier
Chi sont bien emploie denier
Font ensi li autre a paris　9(
58b] Riquece.

Vois chis moines est endormis

Li ostes.

Et or me faites tout escout
Metons li ia sus quil doit tout 96
ET que hane a pour lui yue　939

Li Moines.　(33:

Aimi dieu que iai demoure
Ostes comment ua nos affaires 9€

P

920 *uaires*. Mi. Cou. — 924 *Taisiés, que* Cou. (Errata). — *Taisiés. Que* Co
(Text) = Mi. — 925 *dis* Cou. (Text) — *di* Cou. (Errata) = Mi. — 926 *R₁*
velet Mi. Cou. (Text). — *Rauelet* Cou. (Errata). — 927 *nul* Mi. Cou. (Errata).·
nal (Text) Cou. — 932 In der Hs. ist das *H* am Anf. des Verses sehr lang ur
steht mehr auf der folgenden Zeile. — *uoe* Mi. Cou. — In der Hs. scheint d:
e urepr. *r* gewesen zu sein. — 933 *ban* oder *bau*. — *bau* Mi. Cou. — Das
(*u*) hat beide Verbindungsstriche. Cf. v. 552. — 940 *paressiaue*. Cou. (Errata).·
par essiaue. Cou. (Text) = Mi. — 942 *Si sent* Mi. Cou. (Errata). — 949 *volontie*
Cou. — *volentiers* Mi. — 951 *m'eurer*; Mi. Cou. (Text). — *méurer*. Cou. (Errata
— 964 *jué*. Cou. (Errata). — *yué*. Cou. (Text) = Mi.

Li ostes.

Biaus ostes uous ne deues Waires
Vous fineres moult bien chaiens
Ne uous anuit mie gi pens   969
UOns deues .xij. saus. a mi
Merchies ent uo bon ami
Qui les a chi perdus pour uous; 972
Li Moines.   Li ostes.   Li moines.
pour mi/   Voire/   Les doi ie tous/
Li ostes.   Li moines./
Oil uoir/   Ai ie dont ronquiet/
Jen eusse aussi bon marchiet 975
Che me sanle enlenganerie   [89]
Et na il as des iue mie
De par mi ni ame requeste   978
Haue li merciers.
UEschi de chascun le foi preste
Que che fupour uous quil ioua
Li Moines.
He. diex aucus con fait ieu a 981
Biaus ostes qui uous uaurroit croire
Mauuais fait chaiens uenir boire
Puis con cunkie ensi le gent   984
58c]   Li ostes.   (339)
Moines paies cha men argent
Qve uous me deues est che plais

Li moines.

Dont deuiegne iou aussi fais   987
Que fu li hordussens ennuit /
Li ostes.
bien vous poist et bien vous anuit./
Vous Waiteres chaiens le coc/ 990
Ouuous me laires cha che froc/
Le cors ares et iou lescorche/
Li Moines
Ostes me feres uous dont forche/ 993
Li ostes.
OJl se uous ne me paies
Li moines.
Bien uoi que ie sui cunkies
Mais cest li darraine fois   996
Par n.i chou men irai ie anchois
Quil reuiegne nouulaus escos
Maistres benris
MOines uous nestes mie sos   999
Par mon chief qui uous en ales
Certes segnieur uous uous tues
Vous seres tout paraletique   1002
Ou ie tieng a fausse fisique
QVant a ceste eure estes chaiens
Guillos.   (340)
Maistres bien kaies de uo sens 1005

P

968 *moult* Mi. Cou. — cf. v. 25, wo Mi. Cou. *molt* lesen. -- 970 *sols à mi*:
Mi. Cou. — Sie lesen *saus* in v. 539, wo der Schreiber dieselbe Abkürzung (ein
langes *s* mit Schleifen u. folg. Punkt) angewandt hat, wo aber das Wort im
Reim (: *ribaus* 540) steht; cf. auch v. 508, wo *saus* ausgeschrieben ist, im Reim:
contre aus (507). — 982 *Biaux* Cou. — 985 *chà mon* Cou. — *chà men* Mi. —
988 *hors-du-sens* Cou. — Auf derselben Zeile, hinter v. 988, findet sich ein
Auslassungszeichen, wie auch unten auf dieser Columne (58c), rot gezeichnet.
Dieses verweist auf v. 989, den der Schreiber im Text ausgelassen und unten
mit dem voranstehenden Namen der sprechenden Person (teilweise am Rande,
auf derselben Zeile) nachgetragen hat. Derselbe Name (*li ostes.*) ist nachträg-
lich, wie es scheint, von fremder Hand, noch einmal mit schwarzer Tinte oben
neben den Text an den Rand und zwar neben v. 990 geschrieben worden. —
989 *anuit*, Mi. Cou. — In der Hs. sieht das *u* fast wie ein *n* aus, cf. J. A.
552. — Das *a* fast wie *A*, wie sehr häufig. — Der Vers ist mit blasserer Schrift
als der übrige Text geschrieben. — 993 *Li Moines* steht in der Hs. nicht auf
einer besondern Zeile, sondern neben dem Verse 993, am Rande; nur das
Schluss-*s* ist an O an- oder übergeschrieben. — *ferez-vous* Cou. — *feres-vous*
Mi. — 998 *nouveaus* Cou. — *nouoiaus* Mi. — Ueber v. 1001 [*Li Fisiciens.*]
Mi. — [*Li Fisiciens.*] Cou. — cf. v. 1007. — 1002 *tous paraletiques*, Cou. —
1005 Das *u* von *Guillos* sieht hier eher wie ein *n* aus, cf. J. A. 552.

Car ie ne le pris une nois /
Sees uous ius/
     Li fisisciens.
      Cha une fois /
Me donnes si uous plaist aboire 1008
     Guillos.
TEnes *et* mengies ceste poire
     Li Moínes.
Biaus ostes escoutes un peu
ΣΩd] Vous aues fait de mí uo preu
Wardes .j. petit mes reliques 1012
Car ie ne sui mie ore riques
Je les racaterai demain   1014
     Li ostes.
ALes bien sont en sauue main /
   Guillos.   Li ostes.
Voire dieus/   Or puis preeschier/
De saint acaire uous requier 1017
Vous maistre adan *et* auous hane
Je uous pri que chascuns recane
ET fache gr*a*nt sollempnite   1020
De che saint con a abeure /
Mais cest par †.j.† estrange tour
     Li *compaing*/
A ia se siet en haute tour   1023
     non *cantent*./
BJaus ostes est che bien cante
     Li ostes respont.   (341)
Bienuous pœs estre uante
Conques mais si bien dit ne fu 1026
     Li derues.
A hors le fu le fu le fu
Aussi bien cante ie quilfont
     Li moínes.
Li chent dyable aporte uous ont 1029
Uous ne me faites fors damage
Vo pere ne tieng mie a sage

Quant il uous aramene chi   1032
     Li peres au derne.
Certes sire che poise mí
DAutre part ie ne saí que faire
Car sil ne uient a Saint acaire 1035
Ou ira il querre sante
Certes il maia tant couste
QVil me couuient qu*e*re men pain
     Li derues.
Par le mort dieu ie muir de faín 1039
     Li peres au derue.
TEnes mengies dont ceste pume
     Li derues.
Vous imentes†c†est une plume 1041
Ales ele est ore aparis
     Li peres.
Biau sire diex con sui honnis
Et perdus et quil me meschiet 1044
     Li moínes.   (342)[91]
Certes cest trop bien emploiet
Pour coi le ramenes uous chi
     Li peres.
He sire il ne feroit aussi   1047
En maison fors desloiaute
Jer le trouuai tout emplume
Et muchie par dedens se keute 1050
     Maistre henris.
DJex qui est chiex q*ui* la se keute
Boi bien le glout le glout le glout
     Guillos.
Pour lamour de dieu ostons tout1053
Car se chis sos la nous ceurt seure
Pren le nape *et* tu le pot tien
     Rikece.
Foi que doi dieu ie le lo bien 1056
Tout auant qu*e* il nous meskieche

[90]
59a]

[91]

(341)

(342)

     1007 *Li Fisiciens.* Cou. — *Li Fisisciens.* Mi. — 1013 *mi* Cou. (Text). — *mie* Cou. (Errata) = Mi. — 1015 Das *L* ist an das viel grössere *A* von *A Les* an- oder hineingeschrieben. — 1018 *et vous,* Cou. (Text). — *et à vous,* Cou. (Errata) = Mi. — 1021 *abevré.* Mi. Cou. — Nach diesem Verse sind von Mi. Cou. die Worte *Li compaingnon cantent*: an die richtige Stelle über v. 1022 gestellt worden. — 1023 *A l jà* Mi. Cou. (Text). — *Aïa* Cou. (Errata). — 1038 Mi. Cou. lesen *querre,* wie in v. 1036. — Aber das Abkürzungszeichen, ein Haken über *q,* steht sonst nicht für *uer,* sondern nur für *uc,* z. B. *donques* v. 913. — 1039 *faim.* Cou. — 1040 *Dervés.* Cou. — *Dervé.* Mi.

Chascuns de nous prengne se pieche
Aussi auons nous trop uilliet 1059
  Li moínes.
Ostes uous maues bien pilliet
ET sen ia chi de plus riques
Toutes eures cha mes reliques 1062
59b] Ves chi .xij. saus. que ie doi
Uous et uo tauerne renoi
Se gi reuíeng dyable men porche
  Li ostes.
IE ne uous en ferai ia forche/
Tenes uos reliques/
  Li moínes. (343)
    Or cha /
Honnis soit qui mi amena 1068
Je nai mie apris tel afaire
  Guillos.
Di hane iail plus que faire
AVons nous chi [r]iens ouulie 1071
  Hanc.
Neníl iai tout auant oste
Faisons loste que bel li soit
  Guillos.
Ains irons anchois son men croit
BAisier le fiertre nostre dame 1075
Et che chierge offrir que le flame
No cose nous en uenramiex 1077

  Li peres.
Or cha leues uous sus biaus fiex
IAi encore men ble a uendre
  Li derues. [92]
Que cest me uoles mener pendre
Fiex aputaín leres prouues 1081
  Li peres.
Taisies cor fussies enteres
Sos puans que diex uous honnisse
  Li derues.
Par le mort dieu on me compisse
Par la deseure che me sanle 1085
Peu faut que ie ne uous estranle
  Li peres.
59c] Aimí or tien che croquepois
  Li derues. (344)
Ai ie fait le noise dou prois
  Li peres.
NJent neuous uaut uous en uenres
  Li derues.
Alons ie sui li espouses 1090
  Li moínes.
Je ne faipoint de men preu chi
Puis que les gens enuont ensi 1092
Nil nia mais fors baisseletes
Enfans et garchonnaille or fai
SEn irons. a saint nícolai 1095
Commenche a sonner des cloqueles

Explicit li ieus de le fuellie

P

1063 sols que Mi. Cou. — Cf. J. A. 970. — 1066 Li Hostes. Con. —
1069 mie à pris Cou. (Errata). — mie apris Cou. (Text) = Mi. — 1071 riens
ourlié? Mi. Cou. — Das r ist in der Hs. urspr. ein anderer Buchstabe gewesen.
daher undeutlich. — 1080 menés Cou. — 1082 enterrés, Cou. — enterés, Mi. —
1088 Die zwei letzten Wörter dieses Verses sind mit blasserer Schrift als der
übrige Text geschrieben. — 1090 je suis Cou. — je sui Mi. — Nach 1096 la
fuellie. Mi. — la feuillie. Cou. — Unmittelbar auf »Li ius Adan« folgt in der
Hs. »Cest du roi de sezile«, ein episches Gedicht (Chanson de geste) in Alexan-
drinern zu Ehren Karls von Anjou, ebenfalls von Adam de la Hale. — Cf.
Ausgabe von Coussemaker, p. 283 ff.

Nachträge und Berichtigungen.

Trotz wiederholter, sorgfältiger Correctur sind leider einige Fehler, wie sie sich bei einer solchen, für Drucker und Corrector höchst mühseligen Arbeit kaum vermeiden lassen, im Drucke stehen geblieben oder zu allerletzt noch vor Abschluss desselben hineingeraten. Lies:

Seite 9, Zeile 2 v. o., zwischen v. 177-178

   » 14, Vers 97,   canterai

   » 14, » 115,   De uo

Auf Seite 20-21, Zeile 3 v. o., über Vers 49, bleibt nur der Name *Marions*/ und zwar ohne runde Klammer; die Namen in eckiger Klammer hier und auf Zeile 5 v. o., über Vers 50, sind zu streichen.

Auf S. 22 ist die Versnummer 102 eine Zeile heraufzurücken.

Seite 22, Hs. *A*, Vers 103, lies ua./ (mit folg. Strich)

   » 23, » *Pa*, über Vers 83, lies *M* (ohne folg. Strich)

   » 24, » *P*, Vers 111, lies marote/

   » 27, » *Pa*, Vers 164, lies paín ce

   » 28, » *A*, Vers 205, lies tout arasinc com

   » 29, » *Pa*, Vers 190, lies Robin

   » 31, » *Pa*, Vers 217, lies Nous sommes trop

   » 38, » *P*, Vers 340, lies vous

   » 39, » *Pa*, Vers 326, lies alaisse

   » 39, » *Pa*, Vers 353, lies nous

   » 40, » *A*, Vers 373, lies Pren su[er] (Verb. demgemäss auch die Anm. dazu auf S. 41).

   » 40, » *A*, Vers 386, lies ◯ergiere/ (mit folg. Strich).

   » 50, » *A*, Vers 500, lies et/ viij. (Die Conjunction ist hier ausgeschrieben, daher nicht kursiv).

   » 55, » *Pa*, Vers 582, lies ie naim

   » 60, » *P*, über Vers 655, lies *Gautiers.*/ (mit folg. Strich)

   » 60, » *P*, über Vers 671, lies *Robins.* (ohne folg. Strich)

   » 61, Anm. zu *P*, Zeile 7 v. o., lies our in amour v. 13

   » 70, Hs. *P*, Vers 7, lies en cantes

   » 94, » *P*, Vers 954, lies TV íuas

Ausserdem zeigt sich manchmal im Abdrucke ein inkonsequentes Schwanken bei der Auseinanderhaltung von j und J, von I und J und bei der Anwendung des in den Handschriften nicht vorhandenen Punktes und des in denselben oft dafür gebrauchten Striches über i und j, vor allem bei den Zahlzeichen, wo dieser Strich ganz weggelassen worden ist, weil er für j dem Drucker fehlte. Ich halte es für unnötig, derartige geringe Ungenauigkeiten an den einzelnen Stellen besonders zu bemerken, da sie für die Benutzung des handschriftlichen Materials durchaus unwesentlich und irgend ein Missverständnis hervorzurufen nicht im stande sind.

A. R.